10억을 팝니다

로또와 20년을 함께한 복권판매점주의 이야기

정환근·최승인 지음

로또와 20년을 함께한 복권판매점주의 이야기

"10억을 팝니다

정환근
최승인

"열심히 살아온 당신, 대박 나세요."

*재미를 위해 대화체는 경상도 사투리를 그대로 썼습니다.

*지은이는 아재 개그를 좋아합니다. 참고하세요.

들어가는 말

로또라고 하면 무엇이 떠오르시나요?

10억? 20억? 초대박? 인생 역전? 아마 그런 것들을 생각하실 겁니다. 하지만 저에게 로또는 생계 수단입니다. 저는 로또를 팔아서 먹고살거든요.

사람들은 제 가게를 명당이라 부릅니다. 저희 가게는 1등을 7번, 2등을 19번, 3등은 셀 수 없이 배출했거든요. 하지만 저에게 이곳은 명당이기 이전에 삶의 터전이지요.

로또 파는 곳에 뭐 대단한 일이 있겠냐 하실지 모

롭니다. 하지만 이곳도 사람 사는 곳인지라 웃긴 일, 슬픈 일, 화나는 일, 기괴한 일…. 참 별의별 일이 다 일어난답니다.

저와 아내는 복권과 함께한 지난 20년 세월을 돌아보며 글을 쓰게 되었습니다. 이렇게 책이라는 간접적인 매체로나마 여러분을 '현실' 명당으로 초대하려 합니다.

"웰컴 투 로또명당"

목차

1부. 명당

2부. 당첨

3부. 행복

4부. 행운

부록

ㅇㅇ로또
ATM

명당이라니. 20년 전, 멋모르고 들어온 이 자리가 명당이었다니! 가만있어 보자. 혹시, 내게 명당을 골라낼 줄 아는 능력이 잠재되어 있었던 걸까? 20년 전, 나 스스로도 몰랐던 나의 엄청난 능력이 발휘되었던 건가? 설마 나, 천재였나…?

1부

명당

또 나왔다, 1등 당첨자!

"와! 나왔다! 또 나왔어!"

"뭐? 몇 등? 몇 등?!"

"1등! 1등!"

2021년 5월 8일 토요일, 늦은 저녁. 아니, 밤이라고 해야 할까? 로또 추첨 결과를 확인한 우리 부부는 통닭을 뜯다 말고 그 자리에서 펄쩍펄쩍 뛰었다. 1등 당첨자 배출점포 목록에 우리 가게 이름이 떡하니 올라 있는 것이 아닌가? 일곱 번째 1등 당첨자 배출의 순간이었다. 여섯 번째 1등 당첨자가 나온 이후 한동안 1등 소식이 없어 기다리고 있던 터인데, 이제야 이렇게 반가운 소식이 들려오다니!

"웬일이야, 여보. 우리 집이 정말 명당이긴 한가 봐!"

아내의 말에 나는 세차게 고개를 끄덕였다. 그래. 이쯤 되면 우리 가게, 감히 명당이라고 말하고 다녀도 되지 않겠어?

"어어. 내다. 잘 지내나? 아니 뭐, 우짠 일이기는. 고마, 우리 가게에서 또 1등이 나왔삐다!"

나는 지인들에게 전화를 걸어 은연중에 자랑을 늘어놓았다. 마치 자식이 명문대에 합격했다는 소식을 전하는 것처럼 괜스레 어깨에 힘이 들어갔다. 가족과 지인들 모두 축하한단 말을 아끼지 않으며 함께 기뻐했다. 반도 채 먹지 못한 통닭은 싸늘하게 식어가고 있었지만 이제 우리 부부의 안중에 통닭은 없었다. 아무렴. 그깟 통닭이 대수랴? 지금은 그저 밥 안 먹어도 배가 부른 심정이거늘. 엄청난 통닭 마니아인 나라지만, 지금은 통닭은커녕 통닭 할아버지가 와도 내 기쁨을 막진 못하리.

이게 이렇게 좋아할 일이냐고? 누가 보면 내가 1등에 당첨된 줄 알겠다고? 물론 나도 내가 1등 되면야 좋겠지만, 우리 가게에서 1등이 나왔다는데 펄쩍 뛰지 않을 수 있겠는가. 복권판매점의 고순위 당첨자 배출은 곧 매출 상승으로 이어지기 마련이다. 지난 20년간 복권판매점을 운영하며 나름의 분석을 해본 결과, 가게 홍보엔 1등 당첨자가 나오는 것만큼 좋은 것이 없더란 말이다.

복권 한 장 팔면 내게 돌아오는 돈은 5.5% 정도. 거기서 세금 떼고 차 떼고 포 떼고 뭐 떼면 남는 돈은 훨씬 줄어든다. 하지만 티끌 모아 태산이라 했다. 한 장 팔아 버는 돈이 몇백 원 남짓이라지만 찾아주는 분들이 많으면 그만큼 수익도 늘어나는 것이다. 비록 내가 1등에 당첨된 것은 아니라지만, 앞으로 더 많은 손님이 찾아주실 거라 생각하니 마음이 부푸는 건 어쩔 수 없었다.

다음 날, 가게에 출근해 가장 먼저 한 것은 현수막

을 거는 일이었다.

7번째 1등 당첨자 배출!
당첨을 축하드립니다.

문구를 보니 자꾸만 입꼬리가 씰룩댔다. 수개월 전 미리 제작해 놓았던 현수막이었다. 언젠가 새로운 1등이 나오면 걸어야지 마음만 먹고 있었는데…. 이 녀석이 이제야 빛을 보게 되다니! 녀석아, 이제 마음껏 빛을 보고 이 소식을 널리 알려야 한데이. 앞으로 너거 임무는 더 많은 손님을 우리 가게로 불러들이는 거라 안카나!

가게에 들어온 나는 곧장 로또 판매 기기들을 켰다. 복권판매점을 운영한 지 언 20년. 수십 년 인생을 함께 해온 로또 기계라지만 이렇게 1등 당첨자가 나온 직후엔 이 기계가 참 새삼스럽다.

오호라. 네 녀석이 이번에 19억짜리 1등 복권을 뱉어낸 기계란 말이제. 참말로 신통방통한 것. 앞으로도 잘 부탁한데이! 10억, 20억, 아니 50억짜리까지

마구 뱉어내그라이.

"1등"
당첨판매점
제280회
"1등"
당첨판매점
제483회
"1등"
당첨판매점
제579회
1등
제728회
1등
제861회
1등
제888회
1등
제962회

명당을 찾는 사람들

위이잉. 위이이잉.

가게 밖. 사이렌 소리가 시끄럽게 울려 퍼졌다.

"갓길에 세워두신 차, 모두 이동하세요!"

일곱 번째 1등 당첨자가 나온 이후 첫 번째 토요일. 아니나 다를까 어김없이 경찰차가 출동했다.

당첨자가 나온 직후부터 많은 분들이 가게를 찾아왔지만 로또 추첨 당일인 토요일이 되니 손님 수가 급증했다. 가게 밖, 가뜩이나 좁아터진 도롯가엔 주차하려고 서행하는 차량과 이미 비상등을 켜놓고 서 있는 차들이 줄지어 있었다. 경적 소리와 사이렌 소리가 어지럽게 섞여 울려 퍼지자, 줄지어 서 있던 손님들은 인상을 팍 썼다. 괜스레 내가 죄송한 마음이 들어 불편했지만 안쪽의 상황은 더 말할 것도 없이 바빠서 일일이 사과할 여유조차 없었다. 가게 안은 그야말로 장사진. 한쪽은 자동으로 사 가는 사람들로, 또 한쪽은 고심하며 번호를 찍고 수동으로 사 가는 사람들로, 거기에 또 한쪽엔 스포츠 토토복권을 사기 위해 경기를 연구하는 사람들까지…. 13평 남짓한 작은 가게가 시장통처럼 붐볐다. 내 손은 그 어느 때보다 빠르게 로또 복권을 뽑아냈다. 정말이지 정신이 하나도 없었다.

명당 타이틀을 얻은 뒤로는 꾸준히 손님들이 많이 오는 편이지만, 특히 이렇게 1등 혹은 2등 당첨자가 나왔을 땐 매출이 눈에 띄게 오른다. 물론 꼭 우리 가게에서 1등이 나와야만 손님이 많이 오는 건 아니다. 다른 가게에서 1등이 나왔다고 해도 평소보다 당첨금액이 훨씬 크다는 소문이 퍼지면 로또 열풍이 불어 많은 분들이 가게를 찾아주신다.

실례로, 연금복권이 하루아침에 품절된 적도 있었다. 이날도 역시나 고액의 연금복권 당첨자가 나왔단 이야기가 언론에 보도된 직후였다. 한 사람이 연금복권을 판매점에서 한 세트 구입한 후, 그 번호와 같은 번호로 인터넷에서 몇 장을 더 구매했는데, 열 장이 모두 당첨된 것이었다. 연금복권은 옛날 주택복권처럼 번호가 다 정해져 있다. 그런데 열 장이 싹 다 1, 2등에 당첨되는 게 가능한 일이냐고? 가능하다. 연금복권은 온라인에서도 구매할 수 있기 때문이다. 온라인으로 구매할 경우 구매자가 번호를 마음대로 정할 수 있는데, 아마도 당첨자는 이 점을 이용하여 복권을 구매해 한 번에 열 장이 당첨되는 귀한 경험을 하게 된 것 같다.

이러저러한 이유로 로또 열풍이 불 때면 가게엔 낯선 얼굴도 제법 보인다. 단골이 아닌 거다. 그들은 줄을 서 있는 동안 신기하다는 듯 가게를 둘러보거나, "여기가 명당이라더니 진짜인가 보네."라고 말하기도 한다. 또 누군가는 1등 판매점 명판이 일곱 개나 걸려 있는 것을 신기해하며 사진으로 남기기도 한다.

이렇듯, "이번에 여기서 1등이 나왔다더라.", "당첨금이 몇십억이라더라." 하는 소문이 돌기 시작하면 사람들은 저마다 명당이라 생각하는 복권판매점을 순회하듯 찾아간다. 이럴 땐 심지어 복권을 난생처음 사보는 손님도 많이 온다. 그 사람이 복권을 처음 사는지 어떻게 아느냐고? 척 보면 척. 그분들은 딱 보면 티가 난다. 그분들은 가게 앞에서 십수 분을 서성이다 들어오는데, 심지어 카운터 앞에서도 한참을 쭈뼛거린다. 그리고 쓱 눈치를 보며 이렇게 묻는다.

"보소…. 로또 복권은 우예 사면 됩니까?"

"복권 한 장에 얼만교?"

"카드도 됩니까?"

"번호 마킹하는 슬립지도 돈 주고 사야 하나요?"

"번호는 어떻게 고르나요?"

"몇 개를 칠해야 돼요?"

이런 질문을 한다는 것인즉, 복권을 처음 사 본다는 이야기 아니겠는가. 심지어 수동으로 번호를 마킹한 뒤 슬립지를 챙겨 들던 한 손님은, 로또 복권을 건네고 있는 나에게 이렇게 말했다.

"됐심다. 영수증은 버려주이소."

아이고, 손님예! 나중에 1등 되면 우얄라꼬 이러십니까! 당첨되셨을 때 그 슬립지만 들고 가시면 큰일 납니데이. 그 용지는 복권이 아니에요. 그 용지를 기계에 넣으면 그것이 복권이 되어 나오는데, 그게 로또입니더. 그러니 당첨되셨을 때 그 슬립지만 들고 가시면 돈 못 받습니데이. 10억이 될지, 20억이 될지 모를 이 소중한 복권을 영수증으로 치부해버리시다니요!

우리 가게가 명당이라고?

손님들은 우리 가게를 '명당'이라 부른다. 이 작은 동네에서 1등을 일곱 번이나 배출하고 2등을 19번, 3등은 셀 수 없이 배출했으니 이곳은 명당이나 다름없다는 거다.

명당.

작디작은 우리 가게가 처음 그렇게 불리기 시작했을 무렵만 해도, 나는 차마 내 입으로 '우리 가게 명당이야!'라는 말을 하진 못했다. 스스로도 의심이 들었기 때문이다. '우리 가게가 명당인가? 명당이 뭔데?'

싶었던 거다. 그러던 어느 날, '명당인가?'하던 의심이 '명당이구나!' 하는 확신으로 바뀌게 된 사건이 있었다.

지나가던 스님 한 분이 갑자기 가게 앞에서 발걸음을 멈춰 섰다. 스님은 밖에서 가게를 한참 들여다보시더니 성큼 안으로 들어오셨다.

"사장님, 이 집은 자리가 참 좋네요."

자리가 좋다고? 너무도 뜬금없는 말씀에 고개를 갸웃거리고 있자 스님은 말을 이어가셨다.

"저 뒤, 와룡산 용머리에서 내려오는 좋은 기운이 이 집을 지나가고, 가게 앞에 금호강 물줄기가 곧게 뻗어 있지 않고 휘어 감고 가는 위치입니다. 명당이에요. 명당."

우리 가게를 두고 명당이라 말한 사람은 그 스님 한 분만이 아니었다. 우리 동네엔 내가 일주일에 두세 번 방문하는 복덕방이 하나 있다. 시간이 여유로울 때면 한 번씩 들러 차도 마시고 사장님과 세상 돌아가는 이야기도 하곤 한다. 그날도 차 한 잔 얻어 마실 겸 들

금호강
와룡산

렀는데, 사장님께 참으로 흥미로운 이야기를 들었다.

강 건너의 땅을 사고 싶어하는 고객이 있었다고 한다. 고객 의뢰를 받고 풍수지리사 한 분이 동행해 건넛마을에 갔다 오는 길에, 그 풍수지리사가 우리 동네의 어느 한 곳을 가리키며 이렇게 말했다고 한다.

"저기 강 건너 봉우리 보이죠? 저 봉우리 밑에가 명당이네. 산에서 내려오는 기운과 강물이 흘러가는 위치를 볼 때, 좋은 기가 지나가는 자리에 떡하니 건물이 있어요."

그리고 그가 지목한 '건물'이 바로 우리 건물이었다는 거다. 다른 사람도 아니고 명당에 대해 빠삭한 전문가가 그리 말했다 하니, 기분이 참으로 좋았다.

명당이라니. 20년 전, 멋모르고 들어온 이 자리가 명당이었다니! 가만있어 보자. 혹시, 내게 명당을 골라낼 줄 아는 능력이 잠재되어 있었던 걸까? 20년 전, 나 스스로도 몰랐던 나의 엄청난 능력이 발휘되었던 건가? 설마 나, 천재였나…?

라고 말하기엔 사실 매우 찔리는 구석이 있다. 애당초 나는 이 자리가 명당인 줄 알고 들어온 게 아니었기 때문이다. 오히려 처음 이곳에 왔을 무렵은 경제적으로 많이 어렵고 힘들게 지내던 날들의 연속이었다.

로또와의 인연

지금 운영하는 복권판매점은 원래 치킨집이었다. 그렇다. 나는 통닭집 사장이었다. 문제는 하루에 열 마리도 못 파는 통닭집 사장이었다는 거다. 지금도 이곳은 대구에서 매우 외진 곳이지만, 20년 전의 상황은 더 말할 것도 없었다. 이곳은 그야말로 촌구석, 가게 앞은 비포장도로에 낮엔 개미 새끼 한 마리 안 보일 정도로 조용한 동네였으니까. 장사를 하기엔 참으로 척박한 곳이었던 거다.

배달 주문 하나 없는 낮에 할 일이라곤 그저 옆

가게에서 신문을 빌려다 보는 것뿐이었다. 그때는 신문 받아 볼 돈도 아까워 옆집에서 가끔 빌려 봤다. 대망의 '그날'도 나는 어김없이 옆 가게에서 신문을 빌려다 보았다. 작은 글자들은 읽기도 귀찮아 커다란 헤드라인만 읽어가며 종잇장을 훌훌 넘기던 중, 신문 반쪽 분량을 차지할 만큼 커다란 광고 하나를 보았다.

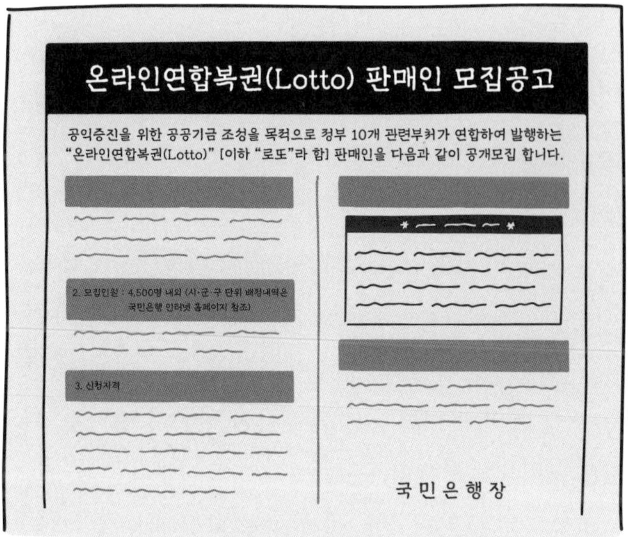

온라인연합복권(Lotto) 판매인 모집공고
공익증진을 위한 공공기금 조성을 목적으로 정부 10개 관련부처가 연합하여 발행하는 "온라인연합복권(Lotto)" [이하 "로또"라 함] 판매인을 다음과 같이 공개모집 합니다.
2. 모집인원 : 4,500명 내외 (시·군·구 단위 배정내역은 국민은행 인터넷 홈페이지 참조)
3. 신청자격
국민은행장

커다란 지면에서 내 마음을 사로잡은 단어는 딱 하나. 바로 로또! 가 아니고, '국민은행장'이라는 글이었다. 나는 그때 로또가 뭔지도 몰랐다. 그런데 그게 무엇인지는 몰라도, 국민은행장이나 되는 분이 이렇게 신문에 커다랗게 광고까지 내며 판매원을 모집한다 하니, 뭔가 좀 있어 보이는 사업 아이템 같았다. 파리 날리는 치킨집에 앉아 있던 나에게 구원의 빛 한줄기가 들어오는 기분이었다. 나는 그 길로 곧장 국민은행에 찾아가 판매인 신청을 했다.

신청은 간단했다. 지금이야 주로 기초생활수급자, 고엽제 피해자, 국가유공자 등 특정 자격에 부합하는 사람에게만 판매 권한이 주어지지만, 당시엔 판매점주 모집 조건이 까다롭지 않았기에 신속히 진행될 수 있었을는지도 모른다. 문제는 그 다음이었다.

"접수는 완료됐고요. 곧 실사를 나갈 거니까 기다리고 계세요."

은행 직원의 말에 침이 꼴깍 넘어갔다. 실사라니. 그 말인즉, 가게 내외부와 주변 환경을 고려하여 우리 가게가 과연 복권 장사가 될만한 곳인지 아닌지 판단하러 오겠다는 말이었다. 닭튀김 냄새로 가득한 가게에 내 앞날을 결정지을 귀한 분들이 실사를 오신다 하니 정신이 번쩍 들었다.

나는 그날부터 열심히 가게를 쓸고 닦았다. 보이지 않는 곳까지 깨끗이 정리하는 것은 물론이거니와, 실사를 나오실 분께 조금이라도 점수를 따기 위해 한 켠에 복권판매를 위한 공간도 미리 마련했다. 이건 마치, 초등학교 시절 장학사님이 방문하실 때, 혹은 군대에서 사단장님이 방문하시기 전, 쌔가 빠지게(?) 쓸고 닦고 정리하는 것과 뭐가 다른가 싶었다. 그리고 기다리고 기다리고 또 기다리던 그분은 6개월이 지난 뒤에야 가게에 나타났다.

실사 담당자는 바로 고개를 저었다.

"이 동네 사람 없죠? 참나. 여기에 누가 로또를 사러 오겠습니까."

맙소사. 결국 이렇게 되는구나. 내가 아무리 가게 안을 쓸고 닦는다 한들, 주변 환경까지 바꿀 순 없는 거였구나…. 비포장도로에 개미 새끼 한 마리도 안 보이는 동네이니만큼 엑스트라라도 몇 명 고용해 가게 앞을 지나다니게 했어야 했나 싶었다. 하다못해 그 날 치킨집에 손님이라도 두어 명 있었으면 체면이라도 섰을 텐데, 가게 안도 텅 비어 있었으니 더는 말할 것도 없었다.

결국, 담당자는 이곳은 너무 외지고 유동 인구가 없어 안 되겠다는 말만 남기고 그냥 돌아갔다.

뭐든 열심히 하면 누군가는 반드시 노력을 알아주게 되어 있다는 것, 그것이 내 생활신조였는데…. 그간 해 온 모든 노력이 수포가 된 기분이었다. 수개월간 하루도 쉬지 않으며 가게를 쓸고 닦았지만, 그는 가게가 깨끗한 것엔 관심도 없어 보였다. 절망적이었다. 나의 로또 드라마는 이렇게 시작도 못 해보고 끝나는구나 싶었다. 그리고 몇 주가 지났다.

"예? 다시 오시겠다고요?"

믿을 수 없다는 듯, 나는 수화기 너머로 말했다. 나의 되물음에도 담당자는 그렇다는 의사를 내비쳤다.

실사를 다시 나오겠다는 거였다. 지난번 실사를 끝으로 복권판매점주가 되어볼 기회는 완전히 물 건너간 줄 알았는데.

이번엔 다른 분이 방문을 했다. 지난번에 왔던 담당자와 조 대리님이라는 분이 함께 실사를 온 것이다. 초면인 조 대리님은 잠시 가게 안과 밖을 둘러보시더니 이렇게 말했다.

"대만에 시장조사를 갔었는데, 대만에서는 여기와 환경이 비슷한 곳에서 오히려 복권이 잘 팔리더라고요."

머릿속에서 작은 불빛 하나가 탁하고 켜지는 기분이었다. 그 말인즉, 나에게도 기회를 줘보겠다는 뜻인지. 마음속에서 기대감이 꿈틀거리던 찰나, 조 대리님이 내게 손을 내밀었다. 악수를 청하는 거였다.

"사장님, 한주 매출 100만 원 정도만 올려주시지요. 잘 부탁드립니다."

순간 팡파르가 울려 퍼지는 착각이 일었다. 나는 조 대리님의 손을 마주 잡고 연신 감사하다는 말을 전했다. 2002년 12월, 그렇게 나는 대구의 외진 마을에

'00로또 복권'이라는 간판을 걸며 새 사업을 시작하게 되었다.

비좁은 바위틈에서도 씨앗은 자리를 잡고 꽃을 피워내듯, 나도 내게 주어진 씨앗으로 모든 것이 불가능해 보이는 이곳에서 꽃을 피우리라 다짐했다.

사상 최대 당첨금,
407억이 불러온 로또 광풍

촌구석 복권판매점이라는 명성에 걸맞게, 역시나 손님이 없었다. 첫 달엔 나를 믿고 판매를 허락해준 조 대리님께 죄송할 정도로 매출이 적었다. 순이익은 일주일은커녕, 월 100만 원도 넘기지 못했다. 네 식구가 밥 벌어먹고 살 정도는 되어야 나도 마음 편히 장사를 할 수 있으련만. 이 시골 바닥에서, 로또가 뭔지 생소해하는 사람들을 상대로 로또를 판다는 것은 거의 불가능에 가까웠다.

그러던 어느 날, 믿을 수 없는 광경이 눈앞에 펼쳐졌다. 때는 2003년 봄. 복권판매점을 오픈하고 3개월이 지났을 무렵이었다.

문을 열기도 전, 사람들이 가게 앞에 줄지어 서 있는 것이 아닌가? 뭐지. 나 뭐 잘못했나? 아닌데. 아무리 생각해도 성실히 산 죄밖엔 없거늘…. 나는 사람들 틈을 비집고 들어가 문을 열었다. 그러자 사람들은 기다렸다는 듯 가게 안으로 들어왔다.

"사장님요. 로또 주이소!"

"저도요."

"저도요!"

세상에나. 이 많은 사람들이 다 로또를 사러 온 사람들이었단 말인가! 나는 서둘러 기계들을 켰고 로또를 뽑아냈다. 첫 손님에게 로또를 건네자 손님은 아주 비장한 표정을 지었다.

"저도 407억 받고 인생 좀 필랍니다. 수고하이소."

이게 무슨 소리? 407억이라고?

불현듯, 얼마 전 보았던 뉴스 하나가 머리를 스쳐지나갔다. 얼마 전, 춘천 중앙시장 가판대에서 로또를 산 경찰 한 명이 407억이라는 어마어마한 당첨금을 손에 쥐었다는 소식이었다. 407억이라는 금액은 사람들을 홀리고도 남았다. 그날 이후, 전국에 로또 광풍이 불기 시작했고 그 여파가 촌구석 복권판매점인 우리 가게까지 전해진 것이다.

손님은 꼬리에 꼬리를 물고 가게 밖 저 멀리까지 줄을 섰다. 한참 정신없이 로또 복권을 뽑아냈음에도 손님이 줄기는커녕, 줄은 더욱 길어지기만 했다. 나는 내가 기계인지, 기계가 나인지 분간할 수 없을 정도로 바삐 움직였다.

그런데 이런 사태를 전혀 예상하지 못했던 탓이었을까. 결국 일이 터지고야 말았다. 수동으로 살 때 번호를 직접 마킹하는 슬립지가 떨어지며 전국적으로 품귀현상이 생겨버린 것이다. 그동안 슬립지는 넉넉하게 준비해 놓는 편이었는데…. 그 종이가 오전 사이에 똑 떨어져 버렸으니, 짧은 새에 얼마나 많은 이들이 로또를 사 갔는지 짐작이 갈 것이다.

아, 이를 어쩐담. 나는 슬립지 품귀현상 해결을 위해 머리를 굴렸다. 잔머리를 관장하는 중추가 바삐 움

직였다. 그리고 한가지 묘안이 떠올랐다.

'슬립지 한 장을 여러 사람이 돌려쓰면 되지 않을까?'

로또 기계는 꼭 컴퓨터용 사인펜만 인식하는 것이 아니다. 검은색으로 칠해져 있기만 하면 번호를 인식한다. 그것이 사인펜이든 연필이든 상관없이 말이다. 나는 급히 창고에서 연필 한 자루와 지우개 한 개를 꺼내와 카운터에 올려놓았다. 그리고 손님들께 양해를 구해 한 분 한 분 종이를 돌려쓸 것을 요구했다. 앞사람이 번호를 마킹해 로또 복권을 받고 나면, 슬립지의 번호를 지우개로 지워 뒷사람에게 넘기도록 한 것이다. 로또를 사야겠다는 간절한 마음 때문이었는지 그 누구도 슬립지 돌려쓰기에 불만을 제기하지 않았다. 손님을 거쳐 갈수록 슬립지는 너덜너덜해졌다. 가끔은 인식 오류가 나기도 했다. 하지만 다른 방도가 없었기에, 손님들은 누더기가 될 때까지 슬립지를 쓰고 또 썼다.

갑자기 불어 닥친 로또 광풍으로 인한 수난은 거기서 마무리되지 않았다. 이번엔 다른 데서 문제가 생겼다. 문제의 주범은 '돈'이었다. 돈이 너무 많아 문제였다. 손님이 밀려오는지라 현금통에 돈을 넣었다 뺄 틈도 없었던 나는 박스 하나를 두고 거기에 받은 돈을 던져 넣으며 복권을 팔고 있었다. 당시는 2003년. 5만 원짜리 지폐도 없을 시절이 아니던가. 낮은 단위의 지폐들로 큰 액수가 모이다 보니, 내 발 마치엔 돈더미가 쌓이기 시작했다. 살아생전 그렇게 많은 현금다발은 처음 보았다. 그러나 돈이 쌓여갈수록 오히려 마음은 불안해졌다. 누가 이 돈더미를 보고 훔쳐가기라도 하면 어쩌나. 잠시 은행에 가서 중간 정산을 하고 와야 할 것 같은데. 가만, 은행 가다가 강도라도 당하면 어떡하지? 나 싸움 못 하는데….

궁리 끝에 나는 동네 파출소에 전화를 했다.

"저…. 경찰관님. 그기 말이지예. 제가 지금 은행에 갈라 카는데…. 돈이 너무 많아가 강도를 당할까 봐 무서워서 그카는데요, 보호를 좀 해주시면 안되겠심까?"

어휴. 지금 생각하면 어디에 숨고 싶을 만큼 민망한 부탁이었다. 하지만 당시의 나는 무척 진지했다.

다행히 파출소도 나의 부탁을 농담으로 넘기지 않았다. 잠시 후 순경 한 분과 전경 한 분이 가게에 오셨고, 나는 보호를 받으며 경찰차에 탑승해 무사히 ATM기까지 갈 수 있었다.

내가 내 돈 ATM기에 넣겠다고 나랏일 하시는 분을 불러들였으니, 지금 생각하면 참으로 민망스러운 일이 아닐 수 없다. 지금이야 뭐, 현금 장사 20년째 하다 보니 돈 들고 은행 가는 데는 도가 튼 정도라지만 그때는 정말 불안했다. 난생처음 만져보는 수천만 원 현금다발을 들고 나간다는 것이 어찌나 무서웠는지 모른다.

당시 나를 보호해주셨던 경찰분은 현재 가게 뒤에 있는 초등학교 지킴이로 근무하시며, 지금도 인연을 이어가고 있다. 개인적으론 407억에 당첨된 춘천 경찰분의 뒤를 이어, 꼭 그 경찰분이 큰 액수에 당첨되셨으면 하는 바람이다.

사장님! 드디어 나왔습니다!

옛 어르신들이 하신 말씀이 생각난다. 첫째 자식은 둘째 셋째 넷째보다 더욱 애틋하게 느껴지고 자식이 몇 명인 것과는 상관없이 첫 번째로 태어난 손주에게 더 관심이 많이 간다고.

2008년 4월 12일. 생애 '첫' 소식을 들었을 때의 기분은 이루 형용할 수가 없다.

"사장님! 나왔습니다! 축하드려요."

"네? 나왔다꼬요? 그기 정말입니꺼?"

"예! 나왔어요. 1등이요! 서재 00로또에서 1등이

나왔다고요!"

로또 관계자분은 전화로 직접 1등 당첨자 배출 소식을 전했다. 전화를 끊자마자 우리 부부는 부둥켜안고 가게 안을 방방 뛰었다. 만세, 만세, 만만세! 우리는 마치 첫 손주의 탄생 소식을 들은 것처럼 기뻐했다.

흥분이 채 가라앉기도 전, 나는 급히 하얀 천 하나와 검은색 물감 한 통을 구해왔다. 손수 현수막을 제작하기 위해서였다. 업체에 제작을 의뢰하면 며칠은 마냥 기다려야 하는데, 하루 한시라도 빨리 이 소식을 전하고 싶은 마음이었다. 나는 하얀 천 위에 커다랗게 '1등 당첨'이라는 글씨를 썼다. 그렇게 서툴게나마 제작한 현수막을 가게 앞에 걸어 놓았다.

역시나 판매점에 1등 당첨자가 나왔다는 것만큼의 호재는 없었다. 로또 광풍 이후 2등, 3등 당첨자들이 꾸준히 배출되어왔던지라 꽤 많은 손님이 찾아와주고 있었지만 1등 당첨자가 나온 뒤의 상황은 천지 차이였다. 1등 당첨자가 배출됐다는 이야기가 동네방네로

퍼지고, 지역 신문에까지 실리고 나니 손님 수가 폭발적으로 늘었다. 타지에 사는 고객의 방문이 늘어난 것은 물론이거니와 문의 전화가 빗발쳤다. 심지어 "대체 거기가 어디냐"며 외국에서 연락이 오기도 했다. 운전자들은 차를 세운 채 현수막을 사진 찍기도 하고, 복권을 사러 오신 분들 가운데 몇몇은 "좋겠다!", "부럽다!", "축하합니다!"하며 소리를 치고 가기도 했다. 모두가 이 가게의 '처음'을 함께 기뻐해줬고, 한동안 가게 안에선 웃음소리가 끊이지 않았다.

사실 첫 일등 배출의 순간을 잊지 못하는 이유는 바로 그런 것들 때문일지 모른다. 같이 기뻐하던 이들이 있었기에. 함께 방방 뛰며 기뻐했던 가족들과 축하의 말을 아끼지 않았던 지인들, 평소보다 더 부푼 기대감과 희망을 안고 가게를 찾아주던 손님들까지. 자기 일도 아닌 것을 자기 일처럼 기뻐한 모든 이들의 환한 얼굴이 10년이 지난 지금도 눈에 선하다.

누군가에겐 대박을 꿈꾸는 곳
그러나 내게는 삶의 터전인 곳

"뭐라꼬예? 그기 정말입니까?"

"네! 저희도 신기해 죽겠심더."

새로 입주한 옆 가게 분들로부터 참 놀라운 이야기를 들었다.

얘기인즉, 입주한 지 얼마 안 된 옆 가게 분들이 얼마 전 고사를 지내는 일에 대해 의견을 나누었다고 한다. 고사는 주로 동쪽을 보고 지내는 것이 일반적이지만, 복권판매점에 들락날락하는 사람이 많으니 복권판매점 쪽을 향해 절을 하는 것이 어떠냐는 말이 나왔다고 한다. 가게 사람들 모두가 그 의견에 동의를 했단다. 그래서 옆 가게 분들은 우리 가게에 가장 손님이 많은 토요일 피크 시간에 우리 가게를 향해 고사상을 차려놓고 절을 했다고…. 그리고 그날 밤, 놀랍게도 우리 가게에서 첫 1등 당첨자가 나온 것이다. 옆 가게 분들은 도대체 이게 무슨 일이냐며, 자신들의 절발, 기도발이 먹힌 것 아니냐는 이야기를 했다. 나는 고개를 끄덕였다.

"맞네요. 사장님이 우리 가게를 향해 절을 하고 기도를 해주셔서 1등이 나왔나 봅니데이! 아이고야. 옆 가게에 억수로 복덩이 같은 분들이 들어오셨는가 보다!"

나는 사장님께 참으로 감사하다며 고마움을 전했다. 사장님도 1등 당첨자 배출을 자신의 일처럼 기뻐하셨다. 역시, 기쁨은 나누면 배가 되는 것이다.

우리 가게를 향해 절을 해서 1등 당첨자가 나왔다? 누군가에겐 그저 허무맹랑한 이야기로 들릴지 모르지만 나는 그것이 너무나 감사했다. 그만큼 우리 가

"조상신이시여.
부디 로또 집처럼
복 터지게 해주소서.."

게를 좋게 봐 주셨다는 거고, 그리고 어쩐지 운을 불러오신 것 같아서. 우리 부부는 옆 가게 분들을 위해 무얼 해드릴 수 있을까 한참을 고민했고 한 가지 아이디어를 떠올렸다. 당시는 개업기념 아치형 풍선 장식물이 유행하던 시절이었다. 우리는 정작 우리 가게를 오픈할 땐 돈이 아까워서 못했던 그 풍선 아치를 옆 가게 분들께 만들어드리기로 했다. 나와 아내는 밤새도록 풍선에 바람을 넣었다. 고마운 마음이 컸던 데다 모처럼 아내와 마주 앉아 하하호호 거리며 가내수공업을 하고 있으니 힘든 줄도 몰랐다. 다음 날, 손수 만든 풍선 아치 장식을 옆 가게 출입문에 놓아드렸다. 그렇게나마 감사함을 전했다. 그러자 옆 가게 사장님은 되려 허리를 숙이셨다.

"아이고, 고맙심더. 저희는 그저 대박 한 번 나고 싶어가, 거기 대고 절을 한 긴데. 이런 걸 다 해주시고. 억수로 감사하네예."

대박. 그렇다. 옆 가게 사장님뿐 아니라, 많은 이들이 우리 가게를 보며 대박을 꿈꾼다. 부자가 되기 위해, 좀 더 나은 삶을 살아보기 위해 우리 가게를 찾아준다. 하지만 나에게 이곳은 삶의 터전이다. 누군가는 대박을 꿈꾸며 이곳에 들어오지만 나는 삶을 일궈 나가기 위해, 그리고 오늘을 살아내기 위해 이곳의 문을 연다.

하긴, 세상 모든 곳이 결국엔 삶의 터전 아니겠는가. 일상을 벗어나기 위해 달려간 바닷가도 어촌 사람들에겐 삶의 터전이고, 환상으로 가득한 멀고 먼 나라도 그 나라 사람에겐 그저 살아가는 곳이듯.

내가 사는 세상이든, 그들이 사는 세상이든, 그곳이 어디든…. 세상 모든 곳엔 삶이 묻어 있다.

가게를 명당으로 만드는 '이것'

판매량이 저조했던 흑역사 시절, 몇몇 손님들은 우리 가게 내부를 보며 구조를 바꿔야 하는 것 아니냐는 둥, 풍수지리를 고려해 카운터를 옮겨야한다는 등의 이야기를 많이 했다. 신경 쓰지 않으려 했지만 그때는 나도 속상한 나머지 정말 그래야 하는 게 아닐까 고민도 했다. 하지만 그런 걱정을 비웃듯이 얼마 후 1등이 나왔고, 그 이후에는 더 빠른 주기로 1등 당첨자가 배출되고 있다.

지금은 오랜 장사 경험이 있는지라 자리에 대한 고

민은 하지 않는다. 좋은 기가 나온다는 와룡산 용머리의 기운은 가족과 함께 건강을 지키기 위해 오르내리며 받는 것만으로도 큰 행운이라 생각한다.

사람들은 우리 가게를 보며 말한다. 명당이라고. 명당이란 말은 잘 나가는 복권판매점에 늘 따라붙는 수식어다. 그렇다면 풍수지리적인 요소가 가게를 키우는 데 가장 중요한 것일까? 나는 그렇게 생각하지 않는다.

나는 가게를 키우는 가장 중요한 것은 바로 점주의 노력이라 생각한다. 안다. 뻔한 말인 것. 누군가는 말할지 모른다. 명당 로또집을 운영하는 일은 속된 말로 꿀 빠는 일 아니냐고. 명당이라 소문만 나면 돈은 알아서 굴러 들어오는 것 아니냐고. 천만의 말씀! 나는 가게를 잘 운영하기 위해 근검절약하는 것은 물론, 거기에 성실함과 부지런함을 실천하며 나름의 노력을 해왔다.

요즘 많은 이들이 열심히 살기보다 대충 살기, 편하게 살기를 강조한다는 것을 알고 있다. 일찍 일어나는 새가 먹이를 많이 먹는다는 말보다, 일찍 일어나는 새가 피곤하다는 말이 유행처럼 번지고 있다는 사실도 안다. 하지만 나도 어쩔 수 없는 옛날 사람이라 그런지, 나는 살아가는 데 있어 성실함이 가장 큰 미덕이라는 것을 진리처럼 생각하고 있다. 때문에, 나는 수십 년째 일찍 일어나는 새를 자처하고 있다.

가게 안엔 나의 손길이 닿지 않은 곳이 없다. 가게 곳곳, 구석구석 모든 곳엔 나의 정과 정성이 깃들어 있다. 특히 가게 한쪽엔 여러 가지 놀 거리와 볼거리를 손수 마련해 놓기도 했다. 점주가 뽑은 금주의 추천 번호, 젓가락 숫자 뽑기, 다트 게임으로 번호 찍기, 탁구공으로 번호 뽑기, 6개는 어렵다 9개를 찍어라, 행운의 터치, 복불복 등등. 실제로 우리 가게엔 재미있는 코너들이 많이 있다.(코너들에 대한 자세한 내용은 뒤에서 소개하겠다.)

줄 서는 시간을 제외하면, 복권판매점에서 로또 한 장 사가는 데 걸리는 시간은 10초 남짓이다. 그런 가게에 이렇게 정성을 들이는 것을 보고 누군가는 유난을 떤다 말할지 모른다.

하지만 내 생각은 다르다. 오히려 손님들이 그런 세심함을 알아주시기에 가게를 찾아주는 것이라 믿는다. 어떤 가게를 운영하든, 어떤 사업을 하든, 종잇장 한 장을 팔더라도 점주의 노력과 정성은 반드시 필요한 것이 아닐까? 나는 그것이야말로 명당을 만드는 최고의 비결이라 생각한다.

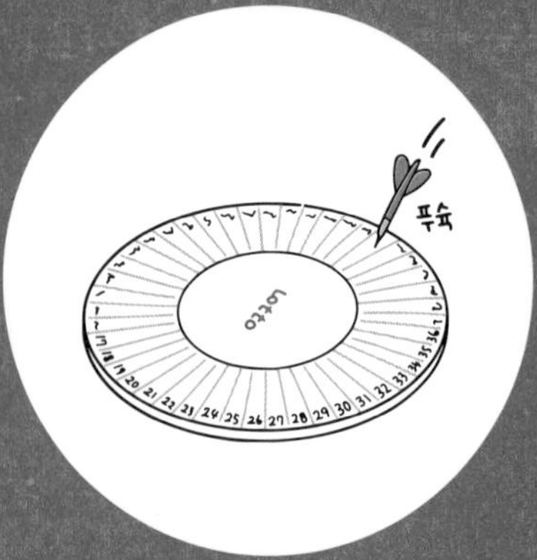

20년 넘게 복권 장사를 하며 이런저런 손님들을 상대하다 보니, 세상이 변했다는 것을 온몸으로 느낀다. 지금이 어떤 세상인가. 스님마저도 불법 공부를 잠시 미뤄둔 채 로또 명당을 찾게 된 세상이 아니던가.

2부

당첨

설마, 내가 당첨?
심장아 나대지 마

내가 갖고 있는 물건인데도 평생 쓸 일 없었으면 하는 것들이 있다. 이를테면 약, 가정용 소화기 등등. 우리 가게에도 그런 것이 있는데, 바로 자동심장충격기(AED)다. 복권판매점에 웬 자동심장충격기냐고? 사람 많은 곳에서나 볼 수 있으면서 값도 엄청 비싼 물건인데?

자, 지금부터 상황 하나를 가정해보자. 지난 월요일, 당신은 로또 한 장을 샀다. 지갑을 만질 때마다 그 안에 꽁꽁 넣어둔 로또를 떠올리며 당신은 행복에 젖

는다. 이거 당첨되면 이사 가야지. 차도 사야지. 아니다. 조물주 위 건물주라는데, 건물 투자를 해볼까? 다 필요 없고 그냥 하던 일 하면서 평생 돈이나 펑펑 쓰며 살 테다…. 상상만 해도 달콤한 꿈을 꾸며 당신은 몇 날 며칠을 보낸다. 그리고 대망의 토요일 저녁. 당신은 당첨 여부를 확인하기 전, 먼저 당첨자가 나온 판매점 목록을 살펴본다. 어라? 그런데 이게 웬일? 내가 로또를 산 복권판매점에서 1등이 나왔다?! 침이 꼴깍 넘어가고 심장이 벌렁거릴 것이다. 이사 갈 집, 외제차, 건물, 백화점 명품매장들이 주마등처럼 스쳐 지나갈 것이다.

여기까지. 어떤가. 상상만 해도 짜릿하고 아찔하고 심장이 터질 것 같지 않은가? 복권 당첨에 대한 기대와 심장박동 증가 간의 상관관계는 가게를 찾는 손님들이 입증해주고 있다.

우리 가게엔 베토벤이라는 별명을 가진 단골 손님이 있다. 베토벤은 내가 붙인 별명이다. 헤어스타일이 베토벤을 닮았고 이미지도 비슷하며 무엇보다 흥이 많은 흥부자라 그런 별명을 붙였다. 하루는 베토벤 님이 우리 가게 앞에 걸린 1등 당첨 현수막을 보고는 심장을 부여잡은 채 가게에 들어왔다. 사람이 창백한 얼굴을 하고 가슴을 부여잡고 있으니 놀라지 않을 수 없었다. 나는 얼른 그에게 다가가 그를 부축하며 상태를 확인했다.

"아재요! 괜찮심까? 무슨 일인교? 어디 안 좋심까?"

그러자 그는 전혀 뜻밖의 대답을 내놓았다.

"아니, 어디 안 좋은 게 아이고. 고마, 밖에 걸린 현수막을 봤더니…."

"현수막? 현수막이 와요?"

"그기. 내, 내, 내가 1등인 것 같아서예."

그리고 잠시 후, 당첨 여부를 확인한 그는 다시금 핏기를 되찾은 얼굴로 집에 돌아갔다.

하긴, 나 역시도 우리 가게에서 1등이 나왔다고 하면 처음 드는 생각이 있다.

'맙소사. 설마, 나인가?'

그러니 말 다했지 뭐.

LOTTO
당첨
1등
서재
OO로또
헉!
어떡해.
나인가 봐!

이런 일은 거기서 그치지 않았다. 하루는 아내와 함께 드라이브를 하고 있었는데, 조수석에 탄 아내의 얼굴이 심히 상기되어 있었다. 무슨 일인가 물었더니 아내 왈,

"여보, 지금 보니 이번 주에 우리 가게에서 2등이 나왔어. 그런데 내가 평소보다 좀 많이 샀거든? 설마 우리가 된 거 아니야? 아휴, 여보. 심장이 터질 것 같아."

하지만 역시나, 복권 당첨 여부를 확인한 뒤, 아내의 심장은 정상으로 돌아왔다.

이런 일에 대해 이야기 하면 꽤 많은 분들이 '나도 그랬다.', '잠시나마 심장이 터질 것 같은 기분을 느꼈다.'는 말을 하곤 한다. 문제는 우리 가게 단골 손님들 대부분이 연세가 지긋하신 분들이라, 나는 그분들의 심장이 진심으로 걱정됐다.

어떻게 해야 이분들의 심장을 지켜드릴 수 있을까 고민하던 차, 마을에서 주관하는 주민 간담회의 자리에 참석해 자동심장충격기의 필요성에 대한 의견을

제안했다. 그리고 그 의견이 대구광역시 담당자에게 전해지면서 우리 마을에 두 대를 지원받게 되었는데, 한 대는 마을 회관에, 나머지 한 대는 우리 복권판매점에 두게 되었다. 우리 가게는 이른 시간부터 늦은 시간까지 문이 열려 있는 데다 아내가 심폐 소생술 교육 수료증을 갖고 있어 지속적인 관리가 가능할 것으로 보인다는 것이 그 이유였다.

로또에 당첨됐는데 너무 기쁜 나머지 혈압이 오르거나 심장에 문제가 생긴다면 10억 20억 당첨금이 다 무슨 소용 있으랴. 억만금 앞에서도 건강이 최고인 것을.

나는 오늘도 주민들이 건강 문제 때문에 당첨의 행운과 행복을 누리지 못할 일은 없도록 열심히 자동심장충격기를 닦는다.

내 운을 못 믿겠다면?
남의 복으로 해보자!

"아이고 마. 도대체 쓰레기를 와 여기에 버리는 기고!"

나는 고개를 저으며 허리를 숙였다. 그리고 바닥에 버려진 슬립지를 주워들었다. 조금 전 수동으로 로또를 사 간 손님이 버린 것 같았다.

수동 방식의 로또는 고객이 직접 번호를 골라 슬립지에 마킹한 후, 그것을 복권으로 출력해 주는 방식이다. 복권을 출력하고 나면 마킹한 슬립지는 쓸모없는 것이 된다. 때문에 많은 손님들이 복권이 출력됨과 동시에 슬립지를 버린다. 문제는 그것을 쓰레기통이 아닌 바닥에 버리는 사람도 있다는 것. 일찍 일어나는 새가 먹이를 먹는 줄 알았는데, 일찍 일어난 새가 쓰레기를 줍고 있으니. 아휴, 내 팔자야. 나는 새가 부리로 먹이를 쪼아먹듯 손끝으로 휙휙 쓰레기를 주워 담았다. 그러다 문득, 어린 시절 보았던 '진짜' 새 한 마리가 떠올랐다.

학창 시절, 나는 수업이 끝나면 종종 학교 근처 시장으로 달려가곤 했다. 바로 새 점을 보기 위해서였다. 새 점. 말 그대로 새가 점괘를 보아주는 것이다. 새 한 마리가 새장 안의 통에서 부리로 종이 하나를 뽑아주면 거기 적힌 점괘를 문구점 주인이 읽어주곤 했다. 정확히 어떤 점괘들이 쓰여있었는지 기억은 안 나지만 새가 참 용하다며 온 동네에 소문이 자자했던 것만은 또렷이 기억한다.

그 어린 날을 떠올린 순간, 머릿속에 전구 하나가 번쩍하고 켜졌다.

"그래! 이거야!"

나는 꼬깃꼬깃 접혀 버려졌던 슬립지들을 다시 펼

쳐 모아 상자에 넣고 푯말을 붙였다.

남의 복으로 해보기
내 복은 없으니 남의 복으로~
골라 골라~ ♪ ♬

그렇게 가게 안에 흥미로운 코너 하나가 탄생했다. 남이 쓰고 버리고 간 슬립지로 복권을 구매할 수 있도록 한 것이다.

코너에 대한 반응은 폭발적이었다. 모두 자신에게는 복이 없다고 생각하기 때문인 건지. 하긴, 원래 남의 떡이 더 커 보이는 법 아니겠는가.

작년에는 변리사를 통해 이 코너를 실용신안으로 낼 수 있는지 자문까지 했었다. 하지만 돌아온 답변은 불가능하다는 거였다. 이유는 한 가지, 실용신안은 경제성을 중요하게 보는데 거기에 부합하지 못하다는 거였다.

듣자 하니, 어느 발 빠른 복권판매점주가 우리 판매점에 있는 이 코너를 모방하여 지금껏 재미를 보고

다고 한다. 하긴. 특허도 아닌데, 따라한들 어떠하리, 모방한들 어떠하리. 장사에 도움 되면 서로 좋은 일 아니겠는가.

아무튼, 남의 복 코너를 이용하는 손님은 머뭇거리지도 고민하지도 말고, 구매하려는 장 수만큼 쏙쏙 빼내서 제발 대박 나시길 바란다.

lotto
남의 복으로 해보기

어서 오세요
놀 거리, 볼거리 가득한
복권판매점입니다

늘 새로운 아이디어로 꿈틀거리는 내 머리는, 가게 안에 다른 놀 거리와 볼거리들도 많이 만들어냈다. 그 중, 몇 개를 소개해보려 한다.

첫 번째. 젓가락 뽑기

예쁘게 꾸민 45개의 젓가락에

1번부터 45번까지 번호를 적어

연필꽂이에 넣고

여섯 개의 젓가락을 뽑은 뒤

그 번호를 슬립지에 마킹하는 방식

두 번째. 다트 게임

흔히들 알고 있는 그 게임

핀을 던져 꽂힌 번호를

마킹하는 방식

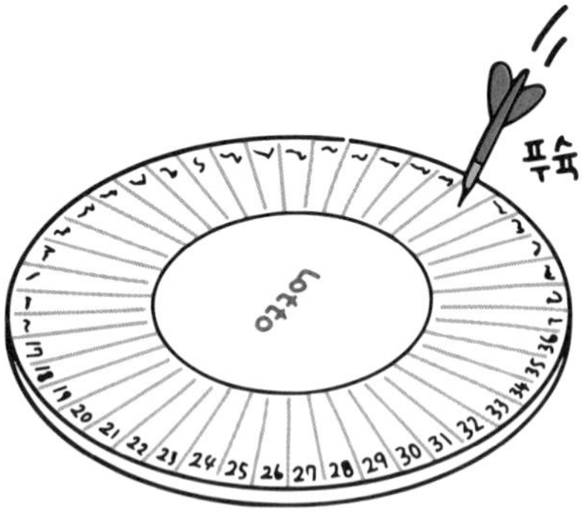

세 번째. 탁구공으로 번호 뽑기

속이 보이지 않는 네모난 통에

번호가 쓰여진 탁구공 45개가 들어 있는데,

여기서 6개의 공을 집어 올려

그 번호를 마킹하는 방식

네 번째. 행운의 터치

福 자 위에 손바닥을 대고

기도하는 코너

다트 게임이나 탁구공 뽑기, 젓가락 뽑기 등은 어린 자녀와 동행한 가족 고객들에게 인기가 있어 가게가 놀이 공간이 되곤 하였다. 이런 코너들이 마음에 들어 자주 들른다는 손님도 많았다. 몇몇 손님들께는 "다른 복권 방에는 이런 거 없는데, 사장님 아이디어가 참 좋네요."하는 칭찬도 들었다.

지금은 몇몇 코너는 운영하지 않고 있다. 코로나19로 인해 고객들이 머무는 시간을 줄이기 위한 방편이다. 그러나 행운의 터치 코너는 여전히 운영 중인데, 재미로 만든 이 코너에 제법 진심인 손님들이 생각보다 많다. 행운의 터치 코너는 가게 입구 바로 옆에 걸려 있다. 손님들은 가게 안으로 들어오다 말고 福 자 위에 손을 올린다. 그리고 눈을 감은 채 기도를 한다. 당첨을 기원하는 것이다. 진심을 다해 당첨을 바라고, 중얼중얼 열심히 무언가를 읊조리며 기도하는 그 모습을 보고 있노라면 나도 모르게 입가에 미소가 번진다.

복권판매점주가 말해주는 당첨 팁

"여러분, 오늘부터 물 받아 놓고 기도하이소. 맨날 산에 올라가가 정기도 받으시고예."

같은 허무맹랑한 소리는 하지 않으련다. 이 책을 읽고 계신 분들은 적어도 로또에 진심이라고 생각하니까.

로또 번호를 찍는 것은 확률 게임이다. 보통 45개의 숫자 중 6개를 고르라고 하면 결정이 어려워 스트레스를 받을 수 있다. 이런 분들에게 내가 추천하는 방식은 두 가지가 있다.

첫 번째 팁은 한 단위 번호들이 아예 없다고 생각하는 것이다. 10단위 번호든, 20단위 번호든, 30단위 번호든, 40단위 번호든, 마음에 들어오는 번호 대를 추린 뒤, 선택하지 않은 번호 대는 아예 모두 없다고 생각하라는 것이다. 그러면 머릿속이 한결 정리되는 느낌을 받을 것이다. 생각해보라. 45개 중 6개를 고르는 것보다 30개 중 6개를 고르는 게 더 쉽지 않겠는가. 실제로 역대 당첨번호를 확인해 보면 한 번호 대가 아예 나오지 않거나 어느 한 번호 대에 숫자가 몰려 있는 경우가 많다는 것을 알 수 있다. 그런 부분을 참고하면 도움이 될 것 같다.

아, 물론 이건 어디까지나 나의 생각이다. 그저 참고만 하시길.

두 번째 팁은 바로 이것. 자동으로 사라는 것. 실제로 우리 가게에서 나온 일곱 명의 1등 당첨자 중 다섯 명은 자동으로 산 사람들이다. 그러니 다 필요 없고 뭐니 뭐니해도 가장 속 편한 건 자동으로 사는 것 아니겠는가. 하하.

환근 생각 &승인 생각.

스님, 복권 사시게요?

어느 햇살 좋은 날, 눈부신 광택의 검은 세단 한 대가 가게 앞에 섰다. 잠시 후, 차 문이 열리고 차만큼이나 번쩍이는 두상이 보였다. 그리고 승복. 스님이었다. 차 문을 쾅 닫으신 스님은 가게 안으로 성큼 들어오셨다.

"로또 5만 원어치랑 즉석복권 열 장 주이소."

20년 넘게 복권을 판매하면서 경찰, 버스 기사(손님을 태운 관광버스를 몰다 말고 갓길에 주차해 들어왔던 기사님이 계시다.), 외국인 등등 그 어떤 시선 강탈의 손님이 와도 놀라지 않았던 나였지만, 그때는 놀랄 수밖에 없었다. 뭐랄까. 점잖은 외계인이 오염된 지구에 침략한 것을 목격한 기분이었달까. 살다 살다, 스님에게 복권 파는 날이 올 줄이야. 더 놀라운 것은 스님이 그때 한 번만 오신 게 아니라는 거다. 스님은 이후에도 꾸준히 복권을 사러 오셨다. 어느 날, 나는 궁금증을 참지 못하고 스님에게 물었다.

"스님, 1등 당첨되면 뭐하실라꼬 로또를 그리 사십니까?"

나의 물음에 스님의 얼굴에 희미한 미소가 걸렸다.

"예. 절 하나 사려고 그럽니다."

잠시 멍해졌다.

아. 그렇지요. 절을 짓거나 사는 데도 돈이 들겠지요. 제가 뭘 몰랐습니다. 나무 관세음보살.

진심이 느껴지는 대답에 왠지 모를 동질감이 느껴졌다. 속세를 벗어난 스님도 로또 당첨만은 절실하신 모양이다.

스님만큼은 아니지만 깊은 인상을 남긴 손님 한 분

이 더 있다. '금 사장님'이라는 별명을 붙여드린 사업가분인데, 성이 금 씨라서가 아니라 그분께 금박으로 된 명함을 받아서 부르게 된 별명이다. 그때는 그 명함이 참 고급져 보였다. 금 사장님은 중후한 매력이 넘치는 분이었다. 말도 점잖게 하시고 외모마저 반듯하셨는데 거의 매일 복권을 사러 오셔서 이야기를 나눌 기회가 많았다. 그러면서 자연스레 가까워졌다.

그런데 2년 정도 지났을까? 갑자기 금 사장님이 보이지 않았다. 문제는 연락도 되지 않는다는 거였다. 혹시 무슨 일이 생긴 건 아닌지 걱정이 되어 금장 명함에 적힌 공장 주소로 찾아가 보았다. 그런데 이게 어찌 된 일인가. 그곳엔 아무도, 아무것도 없었다. 주변인의 말을 들어 보니, 얼마 전 부도가 나서 자리를 비우게 됐다고 한다. 금 사장님 역시 기울어져 가는 사업을 되살리고픈 간절한 마음에 로또를 사셨던 게 아닐까 조심스러운 짐작을 했던 경험이 있다.

당첨을 꿈꾸는 사람들

20년 가까이 복권 장사를 하며 이런저런 손님들을 상대하다 보니, 세상이 변했다는 것을 온몸으로 느낀다. 지금이 어떤 세상인가. 스님마저도 불법 공부를 잠시 미뤄둔 채 로또 명당을 찾게 된 세상이 아니던가.

요즘 들어 복권에 대한 진입 장벽이 상당히 낮아진 것 같다. 내가 생각하는 옛날 복권방은 허름한 구멍가게 같은 느낌이 많았다. 복권방을 찾는 이들은 하나같이 누가 볼까 부끄러워하며 숨듯이 들어와 복권을 사는 분위기였다. 연령대도 5, 60대가 대부분이었다.

하지만 지금은 다르다. 아이를 동반한 가족 단위 손님도 많아지고 청년 고객은 물론 외국인 고객, 이미 경제적 부를 누리고 있는 부자 손님들도 많이 보인다. 왜일까? 왜 사람들은 로또 명당에 몰려들까. 왜 세상이 이렇게 변했을까. 그저 나의 생각을 말해보자면, 많은 분들이 '속 편하게 살기'를 원하기 때문인 것 같다.

당장 돈이 있으면 할 수 있는 게 많아진다는 것은 너무 당연한 사실이다. 돈이 인생의 전부가 아니라는 말도 있긴 하지만, 솔직히 말해 돈은 우리 인생을 참으로 윤택하게 해주지 않는가. 슬프게도 삶의 질을 결정하는 데 돈은 제법 많은 부분을 차지한다.

종종 주변 친구들이나 손님들에게 "1등 당첨이 되면 무엇을 하고 싶으냐." 물으면 돌아오는 대답은 거의 비슷하다.

"그냥 아무것도 안 하고 평생 야금야금 쓰면서 편하게 살 거야."

"그냥 건물 작은 거라도 하나 사 놓고 노후엔 편하

게 살아야지. 월세는 들어올 거 아니냐."

이 말인즉, 떵떵거리며 살고 싶어서가 아니라 편하게 살고 싶어서 큰돈을 원한다는 거다. 그렇다. 당첨금을 10배 100배로 불려 더 큰 떼부자가 되겠다는 사람은 드물다. 사람들은 대체로 그저 걱정 없이 사는 삶을 위해 일확천금을 꿈꿀 뿐이다.

그런 의미에서 나의 가게를 찾는 청년들, 어린아이를 키우는 부모들, 반백 년 이상을 살아온 내 또래 사람들 모두, 하루빨리 돈 걱정 없이 편하게 사는 세상이 왔으면 좋겠다.

1등 당첨자, 누구십니까?

“지난번에 여기서 1등 한 분은 뭐 하시는 분이에요?”

또 시작됐다. 1등 당첨자 배출 이후 어김없이 날아드는 질문. 그렇지만 늘 그랬듯, 내가 해줄 수 있는 말은 한마디뿐이다.

“저도 몰라요.”

판매점주인 나 역시 알 길이 없으니까.

판매점에서 1등 당첨자가 나오면 한동안 들어야 하는 질문이 몇 개 있다. 귀가 닳도록 그 질문을 듣는 입장이니, 이참에 그 질문들과 내가 내릴 수 있는 답을 정리해보려 한다.

Q. 1등 나오면 가게는
본사로부터 얼마의 포상금을 받나요?
A. 포상금 없습니다.

Q. 이번 1등, 자동인가요, 수동인가요?
A. 저도 스마트폰 봐야 알 수 있어요.
손님이나 판매점주나 입장이 똑같답니다.

Q. 당첨자는 무슨 요일 몇 시쯤 구매해갔나요?
A. 그건 당첨자 본인이 와서 말하지 않는 이상
절대 알 수 없습니다.

Q. 당첨되면 세금 많이 떼죠?
A. 모든 당첨금의 세금을 33%로 알고 있는 분이
많은데, 틀렸습니다. 3억까지는 22%로 공제하고
3억 초과분은 33%로 공제됩니다.

고순위 당첨자가 나온다고 해서 판매점에 돌아오는 직접적 이익은 없다. 그러나 굳이 따져보자면 간접적인 이익은 있다.

우선 '1등'이라는 큰 글씨와 판매점 이름이 새겨진 멋진 명패를 받는다. 크기는 A4용지 정도 되는데, 디자인은 20년 세월을 거치며 조금씩 달라져 왔다. 2021년 현재 우리 판매점 벽에는 일곱 개의 명패가 걸려 있다. 벽걸이 명패가 돈으로 바꿀 수 있는 것도 아니고, 대체 무슨 의미가 있느냐 하겠지만 나는 이것이 제법 큰 의미가 있다고 생각한다. 명패들은 판매점의 역사이기도 하고 해당 복권판매점에서 1등이 나온 것에 대한 물리적이며 공식적인 유일한 보상이자 증거이기 때문이다.

고순위 당첨자 배출은 판매점의 매출 증대로도 이어진다. 관계자의 말을 빌리자면 1등 당첨자가 배출된 후, 판매점의 매출은 6개월가량 상승한다고 한다. 그 이후엔 원래대로 매출이 돌아간다는 것이 함정이지만.

그러나 우리 판매점은 언제부터인가 매출의 상승

이 떨어지지 않고 유지되고 있다. 이유를 추측해 보자면 아마도 강 건넛마을 이장님 덕분이 아닐까 싶다.

우리 판매점에서 로또를 구입하고 1등에 당첨된 사람들 중, 내가 유일하게 알고 있는 고객이 한 분 있다. 바로 강 건넛마을 이장님이다. 이장님이 1등 당첨자라는 사실은, 이장님 본인이 내게 이실직고하셔서 알게 되었다. 이장님은 1등 당첨 로또의 실물과 수령 확인증을 사진으로 보여주셨는데, 그때 어찌나 놀랐는지 아직도 기억이 생생하다.

이장님은 감사하게도 판매점까지 오셔서 1등 당첨 기념 현수막 값이라도 하라며 현금이 두둑하게 든 봉투를 주셨다. 나는 그 고마운 마음을 전달받아 동네 지인들을 초대해 식사를 대접했다. 그러고도 돈이 남아 떡과 음료수를 준비해 이틀간 로또를 사러 오는 손님들에게 나눠드리기도 했다.

아무튼, 이장님의 당첨이 왜 우리 가게 매출 상승에 큰 영향을 미쳤는지 분석해 보자면, 이장님이 받아가신 당첨금 때문이 아닐까 싶다. 당시 당첨금이 무려

32억을 넘었으니, 이 소식은 작은 마을에 로또 광풍을 불러오기에 충분했으리라 본다. 거기다 이장님의 당첨 이후 몇 개월 만에 여섯 번째 1등 당첨자가 나왔으니…. 이때의 당첨금도 어마어마했는데, 무려 48억이나 되었다.

이렇듯, 고액을 수령한 당첨자들이 연이어 나오다 보니 매출이 하향 곡선을 맞을 틈도 없이 상향선을 탔던 것 같다.

2002년 초창기엔 판매점 포상금이 존재하기도 했다. 당시 1회부터 4회차까지는 1등이 나오면 판매점에 2,000만원을 주는 이벤트를 열었다. 지금이야 판매점주가 되기 위해 수천, 수백 대 1의 경쟁률을 뚫어야 한다지만, 당시엔 경쟁률도 낮았거니와 판매점주들에 대한 별다른 제한 사항이 없었다. 때문에, 로또 측에서는 로또에 대한 홍보는 물론이고 로또 판매점주들을 모집하기 위한 홍보와 독려 수단으로 포상금을 지급했던 것 같다.

그런데 그런 이벤트가 여전히 있는 것으로 아는 손

님들이 꽤 많다. 1등이 나오면 점주가 몇천만 원은 그냥 챙기는 거 아니냐며 부럽다는 말을 하는 분이 종종 있다. 참으로 씁쓸하다. 이제 이벤트가 사라져 나도 아쉬워 죽겠거늘.

아니다. 포상금은 바라지도 않는다. 그저 1등 당첨자께서는 더도 말고 덜도 말고 1등 복권 복사본이라도 봉투에 넣어 문 밑에 슬쩍 넣어주셨으면 좋겠다. 액자에 넣어 홍보용으로 쓸 수 있을 테니까. 아, 물론 그 봉투 속에 수표 몇 장 들어 있으면 더 좋고. 하하. 농담입니다.

복권판매점에선 1등 당첨자 배출이 가장 큰 홍보 효과를 불러온다. 1등 당첨자가 나온 가게라는 타이틀을 다는 것과 그렇지 못하는 것은 천지 차이다. 때문에, 로또 판매점주 커뮤니티에 들어가 보면 많은 분들이 고충을 토로하신다. 로또 판매가 금전적으로 남는 것이 별로 없어 힘들다는 둥, 1등 배출이 안 되다 보니 매출 또한 저조하여 월세 내는 것도 힘들다는 둥. 하긴. 노동 시간이 매우 긴 것에 비해 수입이 안

남는 건 사실이다. 돈의 가치가 하락하는 정도에 비해 마진율이 20년 가까이 아무 변화도 없이 아직도 유지되는 것을 보면, 고액의 매출을 올리는 판매점을 제외하고는 상당한 어려움을 느낄 것이다. 그런 아픔에 100% 공감이 될 따름이다.

판매점들은 오매불망 1등 당첨자가 나오기만을 기다린다. 대박을 꿈꿔서가 아니라 생계유지를 위해서다. 그런데 슬프게도 그런 점주들에게 종종 무례한 말을 하는 손님들이 있다고 한다.

"여긴 왜 1등 한 번 안 나와요? 터가 안 좋은가?"

"이제 1등 나올 때도 되지 않았나요?"

커뮤니티를 보면 이런 손님들에 대한 속상함을 토로하는 점주들이 상당히 많다. 물론 나쁜 의도는 아니겠지만 판매자에겐 상처가 될 수도 있으니 하지 않았으면 한다. 1등 당첨이라는 것이 우리 모두의 희망이지만 그 누구의 의지도 아니지 않은가. 저런 말은 점주의 가슴엔 비수로 꽂힌다. 그러니 가시 돋친 말보다, 그저 용기 되는 말로 힘을 주었으면 좋겠다.

손님에서 '님' 자를 빼고 부르고 싶을 때

이른 아침. 눈이 떠지면 다짐한다.

오늘은 친절해야지.

가게 문을 열 때까지도 생각한다.

오늘은 진짜 친절해야지.

그리고 손님이 몰려오기 시작하면 그 다짐들은 속절없이 잊혀버린다.

"아이씨. 나는 왜 1등 안 줘요!"

"매주 사는데 5등 한 번 안 됐어요. 기계에 문제 있는 거 아니에요?"

"번호 좀 잘 뽑아 줘봐요."

그저 장난 섞인 농담으로 받아들이기엔 매섭게 쏘아붙이는 말투와 표정이 영 마음에 걸린다. 내가 번호를 점지해주는 사람도 아닌데, 왜 다들 1등이 안 된 걸 가지고 내 탓을 하는지.

예수님은 말씀하셨다. 원수를 사랑하라고. 그런데 막말로 원수진 것도 없는 사람이 내게 불만을 토로하고 불친절해버리면 나는 어쩌란 말인가? 나는 결코 그를 사랑할 수 없다. (예수님, 이웃도 원수도 아닌 사람은 좀 미워해도 괜찮은 거 아닙니까?)

얼마 전엔 이런 일도 있었다. 한 손님이 와서는 5만 원 권 한 장을 내밀었다. 그는 0.5초 남짓 손가락으로 V자를 스윽 들어 보이더니 아무 말도 하지 않았다.

아니, 어쩌라고?

로또 두 장을 달라는 건지, 2만 원어치를 달라는 건지, 연금복권 두 장을 달라는 건지, 담배 두 갑을 달라는 건지, 아니면 V자 했으니 사진이나 한 장 찍어 달라는 건지. 어휴, 정말.

담배를 팔 때도 난감한 일을 많이 겪는다. 터벅터벅 가게 안으로 들어와 카운터 앞에 서서는,

"담배."

라고 말하는 것이 끝인 손님들. 그래놓고 내가 그냥 알아서 주겠거니 기다리고 있는 모습을 보면 참 난감하다. 고객이 피우는 담배 이름을 알고 있는 것도 아니고, 수십 개가 넘는 담배 중 무엇을 달라는 건지….

손님이 적은 날에는 그냥 넘길 수 있는 일이지만, 정신없이 바쁜 요일에는 작은 행동 하나하나가 에너지를 빼앗기는 원인으로 작용한다. 그러다 보면 자연스레 말수가 줄어들고 손님께 인사 한마디 제대로 못 건네는 경우가 다반사다. 때문에, 의도치 않게 불친절하다는 인상을 주기도 하고 오해를 사는 경우도 있다.

로또 판매점주라는 직업이, 손님과 잘 지내기가 참 어렵다. 가장 큰 이유는 손님이 가게에 머무는 시간이 길지 않아서다. 손님이 복권을 사서 나가는 시간은 10초 남짓이다. 종이 한 장 받아서 휙 나가 버리면 그만이니, 감정이 상해도 그걸 풀 시간이 없는 거다.

카페나 식당처럼 손님이 오래 머물기라도 하면 서비스 간식이라도 하나 건네며 오해를 풀 텐데. 복권판매점은 그게 안 된다. 이러니 저러니 가장 좋은 것은, 애초에 서로 감정 상할 일을 만들지 않는 것뿐이라고 본다.

그리고 나는 오늘 가게 문을 닫으며 다짐했다.

내일은 진짜 진짜 친절해야지. 짜루짜루진짜루.

복권 살 때,
이것만은 지켜주세요

어느 날, 한 남성이 다급하게 가게로 들어왔다.

"사장님여. 이거 교환 좀 해 주이소."

그의 손에 들린 것은 새까맣게 변색이 된 로또였다. 아뿔싸. 언젠가 이런 일이 생길수도 있겠다는 생각은 하고 있었는데, 정말 발생했을 줄이야. 로또 용지는 마트에서 흔히 볼 수 있는 영수증과 마찬가지로 감열지 재질이다. 이는 열에 민감하게 반응하여 특히 여름에 차 안에 넣어 다니면 새까맣게 탄 것처럼 변색이 될 수 있다. 이렇게 되면 로또 단말기에 스캔이 안 돼서 당첨 처리를 하기 어려워지고 최악의 경우 로또에 인쇄된 고유 바코드나 고유 번호가 지워지기도 한다. 안타깝지만 이건 관리 소홀의 문제다. 그리고 로또는 교환이나 환불이 안 된다. 손님에게 이 점에 대해 설명하니 손님은 되려 나에게 버럭 화를 냈다.

"아직 당첨 확인도 안 한 복권인데 교환이나 환불이 왜 안 돼요! 아이씨."

아. 욕 먹으면 오래 산다는데. 나 장수하려나. 내 의도와는 상관없이 이렇게 욕 먹고 살다 보면 불사조도 저리 가라 불로장생 할 것만 같은 기분. 아니다. 장수고 뭐고 다 필요 없다. 난 그저 제발 손님하고 잘 지내고 싶다!

그런 의미에서 로또를 사는 손님들께 몇 가지 부탁드리고 싶은 사항이 있다.

첫 번째. 복권을 구입할 땐 "로또 만 원어치 주세요. 2만 원어치 주세요."라고 액수를 정확히 말해주는 게 좋다. 장사를 하다 보면, 돈만 건네면 알아서 복권을 줄 거란 생각에 아무 말도 안 하고 서 계시는 분을 많이 본다. 아니면 "두 개 주세요.", "세 장 주세요."

라고 하시는데, 이때 내가 로또를 두 장, 세 장 건네드리면 그게 아니라 두 게임, 세 게임을 달라는 거였다며 버럭 화를 내기도 한다. 그러니 정확한 액수를 말하며 "얼마어치 주세요."라고 하는 것이 서로에게 가장 좋다고 본다.

두 번째. 한 슬립지를 오래 쓰시는 분들은 종이 관리를 좀 더 잘 해주셨으면 한다. 종종 슬립지에 번호를 마킹해, 한 번호로만 매주 로또를 구입하는 분들을 볼 수 있다. 문제는 그분들 대부분이 슬립지를 지갑이나 주머니에 접거나 구겨 넣는 경우가 많은데, 그러면 복권 교환 전, 일일이 반듯하게 손 다림질을 해서 펴줘야 한다. 그리고 찢어질 정도로 망가진 슬립지는 기계가 아예 인식을 못하기도 한다. 매주 고정 번호로 구입하는 걸 말리진 않겠지만 그것이 자신만의 소중한 슬립지라면 최소한 보관만이라도 깨끗하게 해주셨으면 하는 바람이다. 그래야 더 오랜 기간 그것을 사용할 수 있지 않을까.

세 번째. 시국이 시국이니만큼, 마스크를 꼭 착용해주셨으면 한다. 한번은 마스크를 미착용한 손님이 들어와 착용을 부탁드렸더니 대뜸 시비를 걸어왔었다. 다른 손님께 불편을 끼치지 않기 위해 손님과 옥신각신하다가 언쟁이 높아져 경찰서에 다녀오기도 했다. 아이고 내 신세야.

판매자의 입장에서 자세히 의견을 물어보고 친절하게 응대해야 하는 줄은 알지만, 금요일 토요일의 경우 1초를 다투며 거의 무아지경에 빠진 상태로 일을 하는지라, 어디선가 일의 흐름을 끊는 사건, 감정이 상하는 일이 발생하면 속이 상할 수밖에 없다. 이곳이 아무리 종잇장 하나 파는 복권판매점이라지만 어디에나 지켜야할 기본 에티켓이라는 게 있지 않은가. 모든 분들이 그것을 알아주셨으면 하는 바람이다.

다음 주는 당신이 1등입니다

우리 가게에서 로또를 사는 사람 중, 꼭 한번은 1등에 당첨되었으면 하는 사람이 있다.

바로 나.

이상한가? 복권판매점주가 자신의 1등 당첨을 바란다는 것이? 하지만 나도 매주 로또 몇 장을 꾸준히 구매하는 고객인 것을.

당첨만 되면 그 순간은 이 장사 잠시 잊어버리고 아내와 여행을 떠나고 싶다. 그런 기회가 온다면 저기 먼 나라에 가서 나이아가라 폭포 한 번은 보고 싶다.

아, 참고로 나는 해외여행을 가보긴커녕 여권도 없다.

나는 매주 수많은 복권을 만지고 건네며 20년을 버텨왔다. 나름 열심히 살아온 인생, 이제 1등 한번은 꿈꿔봐도 되지 않겠는가? 물론, 나는 손님들의 1등을 언제나 기원한다. 하지만 솔직히 말하면 가장 1등이 되길 바라는 사람은 바로 나 자신이다. 누구나 마찬가지 아니겠는가.

단적인 예로, 주위에 힘들어 하는 친구가 있다고 가정해보자. 우리는 그 친구를 보며 '저 친구 로또 1등이나 당첨 됐으면 좋겠네.'라고 생각하지 않는다. '내가 로또 1등 되면 저 친구 도와줘야지.'라고 생각하지. 모두가 자신의 당첨을 꿈꾼다는 얘기다.

로또 복권 판매 초창기에는 이런 심리를 이용한 캐치프라이즈를 내걸기도 했다.

"다음 주는 당신이 1등입니다."

다음 주는 내가 1등이라는데, 사지 않고 배기겠는가. 당시엔 타 복권 판매점이나 우리 판매점이나 할 것

없이 현수막에 '1등 되세요'라는 멘트를 적어 온갖 곳에 도배를 했었다. 한 장 한 장 팔 때마다 "1등 되세요."라는 말을 하는 것도 잊지 않았다.

하지만 어느 정도 시간이 지나자 그 말을 하지 않게 되었다. 뭐랄까. 그 말이 너무 뜬금없는 소리 같아 보였달까? 1등 당첨 확률은 약 8,145,060분의 1. 그 확률이란 참으로 어마어마한 수치라는 걸 깨닫고 난 뒤부터는 1등 하시란 말이 입 밖으로 나오질 않는다. 때문에 1등 당첨 현수막에도 그저 짤막한 축하 멘트만 적을 뿐, 다른 누군가에게 희망의 말을 건네지 않은지는 꽤 되었다.

그러나 글을 쓰다 보니 문득, 그래도 다음에 또 1등이 나온다면, 그땐 축하 멘트와 더불어 조금은 희망적인 글귀를 적어볼까 싶어지기도 한다. 무어라 적으면 좋을까? 고민해 봐야겠다.

"열심히 살아온 당신, 대박 나세요!"

사람들은 생각할 것이다. 복권판매점은 돈만 넘쳐나는 곳이라고. 그러나 이곳에도 만남이 있고 헤어짐이 있고, 삶이 있고 죽음이 있다. 하긴, 사람 발길 닿는 곳이라면 세상 어디든 마찬가지겠지.

3부

행복

로또가 맺어준 소중한 인연들 1

로또 복권판매점주라면 1년에 한 번 교육에 참석해야 한다. 보통 12월에 이루어지는데 이날은 계약갱신과 함께 여러 가지 판매 지침에 대한 안내가 이루어진다. 판매점주들은 1년에 한 번 모이는 그 자리에서 서로의 희로애락을 나눈다. 아무래도 복권판매점주라는 공통분모가 있다 보니 서로 통하는 게 많다. 나에게도 1년에 단 한 번, 그 자리에서만 만나는 소중한 인연이 있다. 그분은 지난 20년간, 자주 만나는 다른 누구보다도 크게 의지 되는 사람이었다. 동종업계에 종사하다 보니 그는 나의 속내를 누구보다 잘 알아주었다. 한동안 1등 배출이 되지 않아 힘든 시기를 보낼 때도 그는 멀리서나마 위안을 전하며 따뜻한 마음을 건네주었다. 그리고 첫 1등 배출 소식엔 마치 당신의 가게에서 1등이 나온 것처럼 기뻐했다. 자주 보는 사이는 아니지만 로또로 맺어진 이 인연은 내게 참으로 소중하다.

가게 밖이 아닌 가게 안에서 맺어진 인연도 많다. 가장 크게 친분을 유지하고 있는 손님은 '키 작은 아저씨'다. 키 작은 아저씨는 근거리의 아파트에 사는 분인데, 젊은 시절부터 증권 회사에서 근무하다가 간부로 퇴사하였다고 한다. 그래서인지 로또 번호도 굉장히 분석적으로 선택하신다. 늘 가게 한쪽에서 신중에 신중을 기울이며 번호를 찍으시는데, 번호 연구가 잘 이루어지지 않는 날엔 나에게 어김없이 이런 말을 한다.

"정 회장님, 번호 하나 줘봐요."

아, 여기서 '회장님'은 바로 나다. 그분은 나를 사

장이 아닌 회장이라 부른다.(내가 그렇게 좋은가? 허허.)

아무튼, 이제 그분과는 일주일에 한 번씩 보지 않으면 허전한 사이가 되어버린 지 오래다. 키 작은 아저씨는 가게 카운터 정리를 도와주기도 하고 가게 주위에 난 잡풀도 손수 뽑아주신다. 그렇게 우리 가게를 위해 선행을 베풀고 나시면 꼭 한마디씩 하신다.

"정 회장님. 번호 하나만 줘봐요."

가만, 아저씨요. 설마 우리 집 잡풀 뽑아주고 내 일 도와주는 게, 그 번호 하나 얻어 볼라꼬 그러시는 건 아니지요? 고마 그런 거면 참말로 섭섭합니데이!

로또가 맺어준 소중한 인연들 2

20년 세월 이곳에서 복권을 팔며 우리 부부는 참 많은 사람을 만났다. 하지만 그중에서 가장 기억에 남는 한 명을 꼽으라면, 섬유 관련업에 종사했던 손님이 아닐까 싶다. 지금 생각해도 참 고맙고 미안한 그분.

우리 가게에는 손님이 정해준 번호들을 컴퓨터가 조합해 복권으로 출력하는 코너가 있다. 몇 년째 단골이었던 그분은 그 코너를 애용했다. 하루는 그분이 마음이 들떠 활짝 핀 얼굴로 가게에 뛰어 들어왔었다.

"사장님, 이것 좀 봐주이소. 제가 3등에 당첨된 것

같십더. 지금 눈이 침침해가 확인을 몬하겠는데, 그때 제가 찍었던 번호들은 똑똑히 기억을 하거든예? 그런데 그 번호랑 당첨 방송에 나온 번호랑 다섯 개가 똑같더라고예!"

아니, 이런 반가운 소식이! 나는 얼른 그분의 복권을 당첨번호와 대조해 보았다. 아, 그런데 이게 웬일인가. 3등이 아니라 4등이었다.

당시 당첨금이 500만 원에 달했던 3등짜리 복권을 4등으로 만든 건, 바로 나였다. 나의 실수였다. 그분이 정해준 숫자를 입력하는 과정에서 내가 번호 하나를 잘못 보고 다른 번호로 입력하는 실수를 저지른 것이다. 너무나 죄송스러웠다. 나는 고개를 숙이고 또 숙였다. 그런데 그분은 외려 껄껄 웃으시며 내 등을 다독여주셨다.

"괜찮습니다. 실수로 마킹한 것이 운 좋게 1등이 될 수도 있는 기고, 지금처럼 4등이 될 수도 있는 거 아니겠심까? 4등 되면 제가 뭐라카고, 1등 되면 뭐라 안카게요? 다 괜찮습니데이. 다 제 복이지예, 뭐. 허허허."

그 친절한 말씀에 나는 더욱 죄송했다. 다행히 그분과 나는 그 후로도 연을 이어갔다. 하지만 잠시뿐이었다. 얼마 후부터 그분이 가게에 오지 않았다. 역시 말은 그렇게 하셨어도 나에게 서운했던 거구나 싶었다. 죄송한 마음 때문이었는지, 그분을 뵙지 못한지 한참이 되어서도 나는 그분을 잊을 수가 없었다. 결국 참다 못 한 나는 그분께 전화를 걸었다. 그런데 이상했다. 웬 젊은 여성분이 전화를 받는 것 아닌가? 분명 번호는 맞게 걸었는데…. 나는 조심스레 그분의 이름 석자를 말하며 안부를 물었다. 그러자 여성분은 이렇게 말했다.

"아…. 저희 아버지신데요. 사실, 얼마 전에 돌아가셨어요."

불치병이었단다. 마음이 찢어지게 아파 왔다. 그분과 함께 가게에서 웃고 떠들었던 시간들이 주마등처럼 스쳐 지나갔다. 그리고 너무나 미안한 마음이 들었다. 살아생전 큰돈 한 번 만져보셨을 수 있었을 텐데. 나 때문에…. 미안한 마음을 넘어 자책마저 들었다.

고인이 되어 이제 볼 수 없지만 그분은 여전히 내

마음에 깊이 남아 있다.

사람들은 생각할 것이다. 복권판매점은 돈만 넘쳐나는 곳이라고. 그러나 이곳에도 만남이 있고 헤어짐이 있고, 삶이 있고 죽음이 있다. 하긴, 사람 발길 닿는 곳이라면 세상 어디든 마찬가지겠지.

로또 명당의 슈퍼히어로 땍땍이

말하는 것을 좋아해 '땍땍이'라는 별명을 붙여준 동생이 있다. 20년 전 처음 복권판매점을 열었을 때부터 지금까지 꾸준히 복권을 사는 단골인데 이 친구와는 이제 호형호제하는 사이가 됐다.

예전에 차를 몰던 아내가 택시와 접촉사고가 난 적이 있다. 사고의 원인은 쌍방과실이었다. 그럼에도 택시 기사는 내 아내가 초보운전자라는 것을 눈치 채고 적반하장 화를 내었다. 아내는 위협적인 목소리에 이러지도 저러지도 못하고 있었다.

그 상황을 목격한 손님 한 분이 얼른 우리 가게에 들어와 나에게 사고 사실을 전해주었다. 나는 애가 탔다. 가게를 비울 수는 없는 노릇이니, 그저 발만 동동 구르고 있었다. 그러자 옆에 있던 땍땍이가 겉옷을 챙겨 입었다.

"형님, 제가 다녀 오죠."

순간, 땍땍이가 슈퍼히어로로 보였다. 택시 기사 경험도 있었던 땍땍이는 곧장 사고 현장으로 달려가 아내의 편에 서 주었다. 사고가 아내의 과실이 아닌 것 같다며 상황을 깔끔하게 정리해준 것이다. (실제로 아내의 과실은 거의 없었다.) 상황이 정리된 후에도 땍땍이는 놀란 내 아내를 다독여주었다.

그때의 일은 지금 생각해도 참 고맙다. 사실 복권과는 큰 상관이 없는 이야기지만, 책을 쓰는 것을 기회 삼아 친구 자랑을 꼭 하고 싶었다.

요즘도 땍땍이는 복권을 사러 온다. 그리고 땍땍이가 복권을 살 때마다 나는 그의 당첨을 진심으로 바라준다. 땍땍아, 너는 꼭 당첨되거라! 이 형이 이렇게 빌어주마.

1등을 양보한 젊은이

2010년 11월. 나눔 로또 측에서 성대한 이벤트를 한 적이 있다. 명목은 복권 기금 10조 원 조성 감사 이벤트였다. 이 행사는 그 주의 당첨 번호 외에 별도의 추첨번호를 뽑아서 당첨자 한 명에게 500만 원 상당의 크루즈 지중해 여행권 2매를 주는 것이었다. 그러나 전국에서 단 한 명에게만 주어지는 몹시 귀한 상품이었기에 나는 별 기대감이 없었다.

그런데, 이게 웬일? 그 당첨자가 우리 가게에서 나왔지 뭔가! 이 역시 당첨자 본인이 당첨 사실을 이야기하지 않으면 아무도 모르는 것이었다. 그런데 추첨일 다음 날인 일요일, 당첨자 분이 직접 가게에 방문해 당첨 소식을 알렸다. 그는 젊은 직장인이었다. 그는 1등에 당첨되었는데 상품 수령 과정을 모르겠으니 가르쳐달라고 했다. 나는 진심으로 당첨을 축하하며 그에게 상품 수령 방법을 상세히 알려주었다.

그런데 여기서부터 얘기가 재밌어진다. 서울에 가서 500만 원짜리 지중해 여행권 두 장을 받아온 젊은이가 또다시 매장에 방문했다. 얘기인즉, 직장문제와 어린 자녀들 문제로 열흘이나 집을 비우는 것이 불가능하니 상품권을 나에게 싼값에 넘기겠다는 거였다.

하지만 그때 당시는 나도 매장을 비우고 오랜 기간 여행을 할 수 없었다. 그날 저녁, 우리 부부는 한참 논의를 했다. 그리고 결국 두 아들을 보내기로 했다.

나눔 로또 본사에 상품권 양도확인서를 팩스로 보낸 뒤, 나는 젊은이로부터 여행상품권을 양도받았다.

생각해 보면, 그 젊은이는 참으로 감사한 사람이 아닐 수 없다. 열흘 일정을 비우는 게 어렵다 한들, 그

소중한 당첨의 기회를 누군가에게 넘기는 일이 어디 쉬운 일이랴. 덕분에 나의 소중한 아들들이 처음으로 해외여행을 하는 기쁨을 누리게 되었다.

그때 지중해 물을 마셔봐서일까? 우리 두 아들은 서른을 넘긴 지금도 인물이 훤칠하다. (하하. 고슴도치는 제 자식도 함함하다하는 법이니 이해해주이소.)

단골 손님
도둑 되다

고마운 손님들은 다 나열하기도 어려울 정도로 많다. 그러나 고마운 분만 있었던 건 아니다. 나를 참으로 황당하게 만들었던 손님도 있다.

이 씨는 우리 가게에 상주하듯 방문했던 사람이다. 그는 인물도 좋고 목소리도 좋고 언변도 뛰어난 호감형이었다. 거기다 그는 돈도 많은 사람이었다.(정확히 말하면 본인 입으로 부자라는 것을 어필했을 뿐.) 그럼에도 사람이 참 검소했다.(지금 생각해 보면 그냥 돈이 없었던 것 같음.) 우리 가게에 출근 도장을 찍듯 방문했던 그였기에 이 씨와 나는 아주 가깝게 지내게 되었다. 함께하는 시간이 많아지니 나는 그에게 나의 개인적인 이야기와 가게 돌아가는 이야기까지 술술 털어놓곤 했다.

그러던 어느 날이었다. 그날은 동창 친구들과 산행을 약속한 날이었다. 나는 새벽 5시경 집을 나서 관광버스를 타고 목적지로 향했다. 아침 8시가 되었을 무렵, 휴게소에서 아침을 먹으려는데 갑자기 전화 한 통이 걸려 왔다. 옆 가게 점주였다.

"사장님, 가게 문이 열려있는데 사장님이 안 보이네요?"

아니, 이게 무슨 소리? 오늘은 가게 휴무일이거늘? 그리고 나는 여기 있는데? 가게 열쇠도 내가 가지고 있는데?

아, 무슨 일이 생겼구나. 나는 직감했다. 그리고 그 자리에서 냉큼 가게로 돌아왔다. 확인해 보니 명절을 대비해 평소보다 많은 양의 발주를 해서 받아 두었던 담배와 1등이 나오면 손님들께 주려고 준비해 두었던 음료 박스, 그리고 온갖 잡동사니들이 모두 사라진 상태였다. 이런 일을 저지를 수 있는 사람, 딱 한 사람이 떠올랐다. 이 씨였다. 왜냐, 이 가게 내부 구조를 속속들이 아는 외부인은 그 사람 밖에 없었으니까. 그리고 중요한 것은 그와는 그 후로 연락이 뚝 끊겼다는 거다. 수차례 연락을 시도했지만 이 씨는 전화를 받지 않았다.

그런데 몇 년이 흐른 뒤, 나는 무더운 여름 팔공산 야영지에서 허름한 행색을 한 그와 우연히 마주했다. 하지만 그는 나를 못 본 척 외면했다. 그 모습을 보고 나는 더욱 확신했다.

너구나. 네가 우리 가게 도둑이었어. 그러니 네가 지금 이렇게 나를 못 본 척하는 거겠지. 야이!!! XXX 아! 확 마 XXXXX! @*%@! *$&*@!!! 에라잇!

복권 명당?
돈 벌기 힘든 건 매한가지입니다

20년째 가게를 운영하며 힘들고 괴로웠던 적도 참 많았다.

앞에서 잠깐 언급했었던 마스크 미착용 손님과 대치했던 사건이 나의 힘듦에 정점을 찍었던 것 같다.

밤 아홉 시쯤 되었을까. 40대 중반 즈음으로 보였던 그는 마스크도 쓰지 않은 채 가게로 들어와 복권을 달라며 돈을 내밀었다. 시국이 시국인지라 마스크 문제에 민감했던 나는 얼른 그에게 마스크 착용을 권했다. 그러자 그는 기분이 언짢았는지 밑도 끝도 없이 듣도 보도 못한 욕설을 퍼붓기 시작했다.

20년 복권 장사하며 이런 손님 저런 손님 다 만나 보고 이런 말 저런 말 다 들어 본 나라지만, 차마 참을 수가 없었다. 이건 아니다 싶었다. 나는 그의 팔을 잡아 끌며 마스크를 착용하기 전엔 가게에 못 들어온다고 말했다. 그러자 그는 갑자기 홀로 뒷걸음질을 치더니 벽에 머리를 박고 가게 바닥에 넘어졌다. 그리고 그 바닥에서 또 머리를 박으며 자해를 했다. 이게 말로만 듣던 할리우드 액션인가. 나는 어안이 벙벙했다. 그리고 그는 나를 폭행죄로 고소했다.

나는 곧장 그의 욕설과 할리우드 액션이 담긴 CCTV를 형사의 메일로 발송하며 맞고소를 했다. 얼마 뒤, 메일을 확인한 형사로부터 서로 화해를 하라는 연락을 받았다. 그도 나도 더 길게 가봐야 득이 있을까 싶어 그냥 화해를 했다. 사건은 그렇게 싱겁게 마무리 되었다.

하지만 상처받은 내 마음은 그리 빨리 정리되지 않았다. 가게를 더 잘 운영해 보려 했던 나의 노력은 상처가 되어 돌아왔더랬다. 살다 살다 고소까지 당해보니 사는 게 덧없다는 생각이 들었다.

그 후, 손님들을 대하는 나의 태도는 무척 조심스러워졌다. 그러다 보니 자연스레 말수도 줄게 되었다. 손님들 덕분에 먹고 산다지만, 손님들이 너무나 무서웠다.

엎친 데 덮친 격으로 생전 겪어본 적 없던 직업병까지 찾아왔다. 두어 달 전부터 왼쪽 어깨에 통증을 느꼈던 나는 병원을 찾았다. MRI 검사까지 해본 결과, 어깨 근육을 지나가는 힘줄이 굳어 신축성이 없어진 상태라고 했다. 지난 20년간 매일같이 가게를 쓸고 닦은 것은 물론이거니와, 슬립지를 넣고 받는 등의 반복된 동작을 해오며 어깨에 무리가 간 것이었다. 원인을 알고 나니 속은 시원했다. 하지만 그것이 직업병이라는 사실은 참 서글프게 다가왔다. 이 모든 게 내 자신을 혹사한 결과라 생각하니 인생이 허무해졌다.

하지만 그럼에도 나는 늘 그랬 것처럼 가게 문을 열어야 한다. 인생이 덧없다고 해서, 몸이 천근만근이라고 해서, 20년째 지켜온 이 자리를 떠날 수야 있겠는가.

그렇다. 나는 이 자리를 20년 동안 지켜왔다. 남들이 사원에서 대리, 과장으로 승진하며 점점 위로 올라가고 앞으로 나아가는 동안, 나는 그저 한자리를 지키는 일을 해내 왔다. 앞서 말했듯 이곳은 나에게 삶의 터전이다. 나를 위해, 내 가족을 위해, 나는 이 자리를 지키며 복권을 팔아야 한다. 때로는 손님이 원수 같을지언정, 내 몸이 아파 천근만근일지언정 말이다. 하긴, 남의 돈 받아서 밥 벌어먹고사는 일이 어디 쉬우랴.

오늘도 나는 나와 내 가족의 안녕과 행복을 위해 내 가족의 웃는 얼굴을 떠올리며 하루를 버틴다.

최고의 선물, 복권

많은 손님으로 붐비는 곳이라지만 우리 가게에도 손님이 유독 더 많이 오는 성수기가 있다. 바로 추석이나 설날이 있는 주다. 그때가 되면 손님들의 손엔 스팸이나 참치 세트가 하나씩 들려 있다. 단아한 한복을 입고 오시는 분도 많다. 그리고 꼬깃꼬깃한 지폐 대신 빳빳한 새 돈으로 복권을 구매한다. 아마도 오랜만에 모인 가족과 친지들에게 복권을 선물하기 위해서가 아닐까. 나는 그렇게 생각한다.

복권을 한자로 쓰면 福券이다. 행복 '복' 자에 문서 '권'. 말 그대로 '복이 담겨있는 문서'인 거다. 그것을 건넨다는 것인즉, 복을 건네는 것이 아니겠는가? 한 장에 오천 원 남짓이라지만 그 종이 한 장으로 하여금 잠시나마 지금보다 나은 미래를 상상하며 행복을 꿈꿀 시간을 선물하기도 하고, 만약에 그것이 당첨이라도 된다면 그야말로 최고의 선물이 될 것이라 믿는다. 이 가격에 이 정도의 기쁨을 줄 수 있는 선물은 복권밖에 없는 것 같다. 복권은 가성비 최고의 선물!

로또를 나눠 가지다 보면 자연스레 분위기가 풀어지기도 한다. "1등 되면 나 모른 척하지 마라!", "됐어. 연락 안 되면 1등 된 줄 알아.", "우린 무조건 반반인 거 알지?" 등등. 기대감에 부푼 대화들을 하다 보면 분위기는 절로 무르익는다.(그렇지만 여러분, 세상에서 제일 치사한 게 되지도 않을 로또 가지고 생색내는 거라고 합니다. 하하.) 로또를 나눠가지며 하하호호 거릴 어느 가족들의 모습을 떠올리면 괜스레 내 기분이 좋아진다.

이런 화기애애한 모습은 가게 안에서도 목격된다. 가령 "내가 1등 되면 말이야!"로 시작하는 우스갯소리들이 판매점 안의 분위기를 띄우곤 한다. 어린 자녀를 동반한 고객은 아이에게 번호를 고르게 한 뒤 그 번호로 마킹을 해 아이 손으로 슬립지와 현금을 내게 주도록 하기도 한다. 그러면 나는 그 분위기에 동조하듯 "1등 되면 부모님께 효도하거라."라고 덕담을 하며 고사리 같은 작은 손에 직접 복표를 쥐어준다.

복권이 주는 행복은 거기서 끝이 아니다. 복권판매 수익금이 어디에 쓰이는지는 아마 모든 분들이 아시리라 믿는다. 복권판매 수익금은 내 나라의 어려운 이웃에게 살이 되고 피가 되듯 쓰인다.

종종 로또를 사신 분들이 "왜 나만 당첨이 안 되느냐."라며 하소연을 한다. 그럼 나는 이렇게 말한다.

"나라에 애국했다 생각하이소. 허허. 손님이 낸 금액의 일부가 소외계층을 위해 쓰입니데이."

막말로, 5천 원이라면 가정에 악영향을 주는 정도의 큰 금액도 아니지 않은가. 로또는 커피 한 잔 값으로 누릴 수 있는 최고의 행복이다. 오늘도 나는 누군가에게는 행복한 꿈을 팔고, 그리고 이 나라에는 작은 애국을 하고 있다는 자부심을 가진 채 판매점에 서 있다.

그러나 복권에 대해 부정적으로 생각하는 사람들도 꽤 많다. 복권이 가정파탄의 주범이라는 것이다. 물론 도박하듯 중독되어 복권을 사는 것은 큰 문제라고 본다. 몇몇 분들이 복권에 대해 안 좋은 인상을 품게 된 것은 때때로 언론에 보도되는 자극적인 내용들 때문이 아닐까 싶다.

몇 년 전까지만 해도 매스컴에서 복권에 당첨된 사람들을 취재한 기사가 종종 나오곤 했다. 내용인즉, 복권에 당첨된 사람들의 삶이 당첨되기 전보다 궁핍해졌다는 거였다. 그러나 이런 경우는 아주 드문 경우라 생각한다. 고순위 복권 당첨자가 매주 10여 명 남짓 나오는 추세라 볼 때, 그동안 얼마나 많은 당첨자들이 나왔겠는가. 그들 중 소수가 도박이다 뭐다 하며 흥청망청 쓰다 폐인이 되었다지만, 그 외 대부분의 당첨자들은 분명 더 나은 삶을 살고 있을 거라 확신한다.

세상은 어찌 됐든 소소하게나마 즐겁고 행복하게 사는 사람들이 주를 이루고 있지 않을까. 나쁜 사람들의 이야기만 진짜라고 믿고 살기엔 당장 내 주변만 해도 좋은 사람들이 참 많다.

우리 가게에 매주 방문하는 건넛마을 이장님만 봐도 그렇다. 1등을 하셨지만 여전히 우리 가게에 자주 들러주시는 이장님. 당첨 전후로 그분에게 달라진 점이 있다면 조금 더 단정해진 옷차림새, 그리고 그늘이 사라진 얼굴, 그뿐이다.

이렇듯 복권은 최고의 선물이 되어주기도 하고 그늘졌던 인생에 빛을 내려주기도 한다. 당첨이 안 되어도 기부 한 셈 치면 되는 것 아니겠는가. (그런 의미에서 나는 지난주에도 나라에 3만 원을 기부했다. 에헴.) 아무튼, 복권에 대한 부정적 인식이 조금은 개선되었으면 하는 바람이다.

행복에 대하여

"어떤 삶을 살고 싶으세요?"

사람들에게 물으면 대부분은 이렇게 답한다.

"행복하게 살고 싶어요."

그렇다면,

"행복이란 뭘까요?"

라고 물었을 때, 똑 부러지게 대답할 수 있는 사람은 과연 몇이나 될까? 사실 나도 그에 대해선 대답을 못 하겠다. 행복. 그게 뭘까? 나 역시도 그게 무엇인지 모르고 산 것 같다. 다만 하나 확실한 것은, 그렇다면 당신은 '언제' 행복하냐 물었을 땐, 단연 토요일 늦은 저녁이라 말할 수 있다는 거다. 토요일 늦은 저녁. 무엇이 떠오르는가? 바로 로또 추첨일이다. 토요일 저녁 8시면 그 주의 공식적인 로또 판매가 종료된다. 그때가 되면 내가 팔고 싶어도 로또를 팔 수가 없다.(그런데도 찾아와서는 닫힌 문을 쾅쾅 두드리며 로또 달라고 소리치는 사람들도 있지만.) 그 덕에 매일 밤 10시가 넘어서야 닫던 가게 문을 모처럼 일찍 닫는다. 그때는 일주일 중 가족들과 함께 모여 앉아 밥을 먹을 수 있는 유일한 시간이다. 나는 이때가 가장 행복하다. 이렇게 내가 '언제' 행복한지에 대해 생각해 보니, 행복이라는 그 모호하고도 불확실한 개념이 조금은 또렷해지는 기분이다.

내가 또 언제 행복했을까? 그렇게 생각하니 의외로 떠오르는 순간들이 제법 있다. 바쁜 중에도 가족과 지리산에 올랐던 것. 생일을 기념해 레일바이크를 타고 동굴 안 커피 집에 방문했던 것. 처음으로 제주 한라산 정상에 올랐던 것. 서울에서 직장 다니는 작은 아들을 바퀴벌레 득실대는 골방에서 해방시키고 좀 더 나은 집으로 옮겨준 것 등등. 아, 생각해 보니 나 제법 행복하게 살았네? 문득 그런 생각이 든다.

가만 보니 로또 1등 한 번 되어본 적 없는 내 인생에도 행복했던 순간들이 많다는 생각이 든다. 이렇게 책을 쓰다 보니 나를 돌아보게 된다.

행복이 무엇인지는 여전히 모를지언정, 이젠 내가 '언제' 행복한 지는 알았으니 앞으로 그런 날들을 더욱 늘려가면 될 일 아니겠는가. 그것이 행복한 삶에 다가가는 첫걸음이겠지.

1 2 3 4 5 6

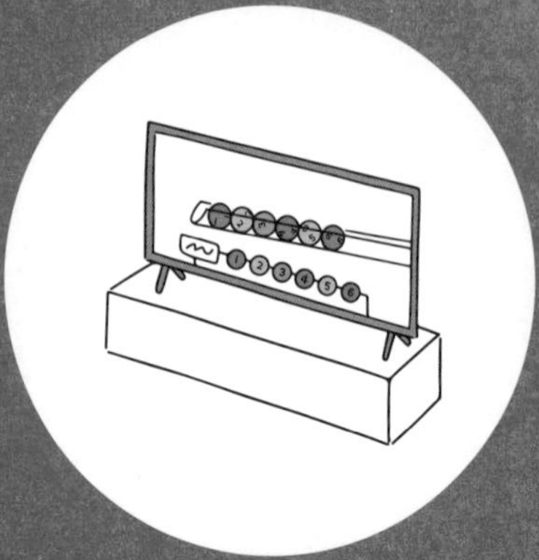

이 부부에게 행운이 비껴갔다고 생각한 나 자신이 조금 부끄럽기도 했다.

역시 행복도 행운도 결국 나의 만족에 달린 것일까? 깊이 생각해 보게 된다.

4부

행운

당첨의 꿈
그리고 행운의 숫자

로또란 참으로 낮은 확률 게임이다. 1등 당첨 확률은 814만 분의 1. 속된 말로 길 가다 벼락 맞을 확률보다 낮은 것이 로또 1등 당첨 확률이라고 하지 않는가?(그런데 벼락 맞을 확률은 얼마나 되지? 아시는 분?)

나는 20년 동안 복권을 팔며 우리 가게에서 814만 분의 1 확률에 든 사람을 일곱 명이나 보았다. 그리고 그 안에 들 뻔했으나 코앞에서 행운을 놓친 안타까운 사람도 여럿 보았다.

복권판매점주 생활 20년 동안, 가장 안타까웠던 사연 하나를 꼽아보라 하면 단연 한 부부가 떠오른다. 41회차 추첨을 앞둔 어느 날이었다. 평소 우리 가게의 단골이었던 50대 부부는 그날도 로또를 사러 왔다. 전날 무슨 좋은 꿈이라도 꾼 것인지 부부는 그 어느 때보다도 신중하게 슬립지에 번호를 마킹했다. 수분이 지나서야 부부는 나에게 슬립지를 가져왔다. 표정이 굉장히 비장해 보였다. 남편과 부인이 각각 1만원어치씩 구입을 하던 차에 아내분의 용지 A게임에서 에러가 확인되었다. 나는 고개를 갸웃하며 A게임에 마킹된 번호들을 확인해 보았다.

13, 20, 23, 31, 35, 38, 43

아하, 6개가 아닌 7개의 번호가 칠해져 있던 거였다. 오류를 잡아낸 나는 부부에게 말했다.

"번호를 하나 더 칠하셔서 하나를 지우셔야 하는데, 어떤 걸 지울까요?"

부부는 잠시 눈을 맞추며 무어라 대화를 하더니 나

에게 말했다.

"같은 줄에 31번, 35번이 두 개니까 35번을 지워 주세요."

운명의 순간은 그때 갈렸다는 것을 나는 추첨이 끝난 후에야 알게 되었다. 41회차 당첨번호는 이랬다.

13, 20, 23, 35, 38, 43

맙소사. 그때 "31번을 지워주세요."라고 했더라면 그 부부는 1등에 당첨될 것이었다! 행운의 여신은 부부의 손을 들어주지 않은 것일까. 나는 무척 아쉬웠다. 그다음 주, 부부가 가게에 방문했을 때 나는 이 사실을 알리며 아쉬움을 전했다. 하지만 부부는 외려 껄껄 웃었다.

"저희는 3등 한 걸로 만족해요. 하하."

당시 3등이면 4~500만 원 되는 큰돈이긴 했지만 부부가 더 큰 행운을 놓쳤다는 생각을 지울 수가 없었다. 만약 내가 이 상황을 똑같이 겪었다면 나는 어땠을까? 그때 31번을 지워 버린 내 손을 수도 없이 탓하며 '아이고, 아이고!' 해댔을지 모른다.

그러나 그 부부는 달랐다. 너무도 쿨했다. 놓친 것을 아쉬워하지 않으며 지금 당신들에게 주어진 것에 만족을 했더랬다. 실제로 1등이 아닌 3등에 당첨된 부부의 얼굴은 참으로 행복해 보였다. 나는 부부가 행운을 놓쳤다고 생각했는데 부부는 행운을 잡았다고 여기는 것이었다.

이 부부에게 행운이 비껴갔다고 생각한 나 자신이 조금 부끄럽기도 했다.

역시 행복도 행운도 결국 나의 만족에 달린 것일까? 깊이 생각해 보게 된다.

그리고 이건 여담. 중년 부부 사건 이후 내게 생긴 습관이 하나 있다. 종종 손님들이 실수로 일곱 개의 번호를 찍어 번호 하나를 지우면 나는 그 번호로 꼭 로또를 산다. 하하. 그렇지만 5천 원짜리 한 번 되지 않는 걸 보면 1등 할 사람은 따로 있는갑다. 흑흑.

행복은 깨달음에서 시작된다

'행운'이라 하면 무엇이 떠오르는가? 나는 네잎 클로버가 가장 먼저 떠오른다. 세잎 클로버들 사이에서 네잎 클로버를 찾겠다고 온 밭을 뒤지던 경험은 내 나이 또래라면 누구에게나 있을 것이다. 네잎 클로버가 왜 행운의 상징이 되었는지는 나폴레옹의 일화가 유명하다. 나폴레옹이 전쟁터에서 클로버가 네 잎인 것을 보고 신기해하며 허리를 숙였다가 그에게 날아오는 총알을 피했다는 전설 말이다. 그러나 네잎 클로버를 떠올렸을 때, 나에겐 나폴레옹보다 더 먼저 생각나는 사람이 따로 있다.

클로버 아주머니라는 별명을 붙여준 단골 손님이 있다. 처음부터 그렇게 부른 건 아니었는데 어느 날 아주머니는 로또를 사다 말고 검은 봉지에서 무언가를 꺼내 나에게 건넸다. 네잎 클로버였다.

"이 가게에 행운이 깃들었으면 좋겠네요. 물론 제가 1등 돼서 그 행운 가져다 드리면 제일 좋겠지만요. 하하."

아주머니의 말과 파릇파릇한 네잎 클로버는 묵직하게 내 마음을 때렸다. 행운이 찾아올 거란 기대 때문이 아니었다. 뭐랄까. 오랜만에 느껴보는 작지만 강렬한 행복감이었달까. 20년 동안 복권판매점을 운영하며 무언가를 누군가에게 건네보기만 했지 받아보는 것은 참 오랜만이었다. 이 콩나물보다 가벼운 풀떼기 하나가 뭐라고…. 괜스레 마음 한쪽이 아릿하기까지 했다.

사람은 이렇게 풀떼기 하나에도 행운과 행복의 의

미를 부여하며 살아간다. 복권을 살 때도 마찬가지다. 사람들은 복권 한 장에 많은 의미와 꿈, 염원을 담는다. 종이 하나에도 커다란 행운과 행복의 의미를 부여하고 그것이 행복임을 깨달으며 살아간다.

행복은 멀리서 찾는 게 아니다. 작은 풀떼기 하나에도 행복이 깃들어 있는 법이니 말이다.

나는 세상에서 가장 큰 불행은 행복하지 않은 것이 아니라, 바로 옆에 놓인 행복이 행복인 줄도 모르는 것이라 생각한다. 지금 이 순간의 행복이 행복인 줄도 모른다면, 그것이야말로 가장 큰 불행 아닐까?

내 인생의 가장 큰 행운 그리고 행복

얼마 전엔 착한 아들에게 가게를 맡기고 아내와 지리산에 올랐다.

나는 매일 아침 와룡산을 오르내리며 기른 나의 체력을 믿었다. 아내가 힘들어하면 손잡고 끌어주겠노라 다짐도 했다. 하지만 지리산 등반 때 나의 체면은 완전히 구겨지고 말았다.

참고로 내 아내는 강원도 시골 출신으로 산 지형에서 길을 찾는 촉이 무척 좋다. 거기다 체력도 좋다. 결국 나는 아내가 끌어준 덕분에 지리산 정상에 오를 수 있었다. '나 아직 안 죽었어!' 하는 허세 한 번 부려보리라 다짐했거늘. 세월 앞에선 장사 없다고, 이젠 내 몸도 예전 같지 않았다.

그러나 세월의 흐름 속에서도 늘 한결같은 것이 있다. 그것은 바로 나의 아내, 그리고 두 아들과 나누는 행복이다.

내 인생에 찾아왔던 가장 큰 행운은 내 소중한 아내를 만난 것이다. 나와 아내는 1년 가까이 구미의 한 기업에서 사내 커플로 연애를 하다가 83년도에 결혼에 골인했다. 아내는 결혼과 동시에 퇴사를 했고, 나는 다른 회사로 이직을 해 생계를 꾸려갔다. 그러다 나는 장사에 눈을 돌렸다. 회사에서 받는 월급만 모아서는 집 장만도 어렵겠다는 생각이 들어서였다.

1995년 말 퇴사를 한 뒤, 우리 부부는 은행 대출을 받아 꼬치구이 집을 차렸다.

장사는 생각 외로 잘 되었다. 그럼에도 나는 현실에 안주하지 않고 악착같이 돈 벌기에 전념을 했다. 그래서, 힘들었냐고? 아니. 오히려 행복했다. 홀로 회사에 다닐 때보다 사랑하는 아내와 함께하는 시간이 늘었기에 그날들은 행복의 연속이었다. 아내와 함께 손수 장을 봐서 함께 꼬치를 꽂으며 하하호호 거렸던 시간은 내게 참으로 소중한 기억이다.

아내라는 행운을 잡으니 가족이라는 행복은 절로 찾아왔다. 나와 아내, 두 아들. 우리 가족은 우리만 있으면 세상 무서울 게 없다는 말을 자주 한다. 그만큼 서로 힘이 되어주며 행복하게 살고 있다.

꼬치집을 거쳐 파리 날리던 통닭집, 한 달에 100만 원도 못 팔던 복권판매점을 운영하던 때에도 가족들은 한결같이 나를 믿어주고 힘이 돼줬다. 이런 가족을 어찌 보물이 아니라고 할 수 있겠는가?

내 인생의 가장 큰 행운과 행복인 가족. 가장 가까이 있기에 외려 가장 소중하고 새삼스러운 그 존재를 나는 죽는 날까지 지켜갈 것이다.

로또. 일주일의 행복

나도 손님들처럼 매주 로또를 산다. 돈을 내고 로또 복표를 손에 쥐면 그 순간부터는 온갖 꿈을 꾸기 시작한다.

'아, 이거 당첨되면 건물도 사고 가족끼리 여행도 가고….'

상상의 나래를 펼치는 것이다. 아, 물론 토요일 저녁이 되면 "에이씨"하며 회색 동그라미가 가득한 스마트폰 화면을 마주하는 게 현실이지만. 그래도 다음 주가 되면 또 로또를 산다. 그리고 또 일주일 동안 달콤한 꿈을 꾼다.

복권판매점은 토요일이 가장 바쁘다. 모두들 당첨 발표를 앞두고 직전에 급히 로또를 사는 것이다. 그러나 복권을 파는 입장에서, 그리고 또 꾸준히 복권을 구입하는 입장에서, 나는 손님들이 로또를 월요일에 많이 샀으면 좋겠다. 저마다 로또를 사면 꾸게 되는 꿈들이 있지 않은가? 월요일에 산다면 그 꿈을 몇 날 며칠은 더 꿀 수 있지 않을까? 토요일 하루 행복한 것보다 일주일간 행복한 것이 더 큰 삶의 원동력이 되지 않을까. 나는 지갑에 일주일 동안 로또 한 장 넣어 다니는 것이 웬만한 피로회복제보다 낫다고 본다.

나는 복권을 판다. 그것은 10억짜리일 수도 있고 20억짜리일 수도 있다. 그러나 당첨은 매우 낮은 확률로 주어지는 행운이다. 하지만 로또를 사는 자에게 '일주일의 행복'만큼은 확실히 주어진다. 나는 로또가 사람들에게 불확실한 인생 역전의 기회가 아닌 확실한 일주일의 행복이 되었으면 좋겠다.

그런 의미에서 나는 오늘도 사람들에게 5천 원짜리 종잇장이 아닌, 일주일의 행복을 판다.

lotto

작가의 말

저희 부부는 종종 이런 말을 하곤 했습니다.

“우리 가게에서 당첨자가 이렇게 많이 나오는데….

누구 한 명은 당첨되면 가게 문 밑으로 지폐 몇 장 스윽 밀어 넣고 가지 않을까?”

그리고 어느 날이었죠. 저는 평소처럼 일찌감치 가게 문을 열었습니다. 20년째 봐온 익숙한 풍경. 그런데 바닥에 평소에 본 적 없던 참으로 낯선 무언가가 놓여 있었어요. 노란색 편지봉투였죠. 봉투를 본 순간 저는 직감했습니다.

'드디어 올 것이 왔구나.'

얼마 전 큰 액수에 당첨된 누군가가 문틈으로 넣고 간 것이 틀림없다고 생각했죠. 저는 냉큼 봉투를 집어 들었습니다. 두께감이 제법 있었어요. 이 정도면 5만 원짜리 스무 장은 족히 될 것 같았죠. 아, 드디어! 내게도 이런 날이! 저는 설레는 마음으로 봉투를 열었습니다.

그런데 이게 뭔가요. 안에 든 것은 지폐가 아니라 고이 접힌 편지지 뭡니까! 그렇지만 내용물이 돈이 아니라는 것에 대한 실망감보단 의문이 앞섰어요. 도대체, 누가, 왜, 나한테, 편지를?

저는 고개를 갸웃하며 편지를 펼쳐 읽었습니다. 그리고 그곳엔 어마어마하게 놀랄만한 내용이 적혀 있었죠.

Dear. OO로또 사장님

안녕하세요. 저는 도서출판 「마누스」 대표 OOO입니다. 갑작스러운 편지에 적잖이 당황하셨을까 봐 걱정됩니다만, 상의드리고 싶은 것이 있어 이렇게 글을 쓰게 되었습니다.

저희 출판사는 현재 여러 책을 기획하고 있습니다. 그러던 중, 명당 로또 복권집 사장님의 이야기를 책으로 만들면 어떨까 생각을 하게 되었습니다.

(중략)

사장님의 가게엔 참으로 많은 분들이 다녀갈 것이고, 때문에 정말 다양한 분들을 만나실 것으로 예상됩니다. 점포를 운영하며 좋은 일, 나쁜 일, 다소 황당했던 일, 뿌듯했던 일들도 많이 겪으셨겠지요.

기회가 된다면, 사장님의 진솔한 이야기를 책으로 엮고 그 이야기를 많은 분들께 소개하고 싶습니다.

저희 마누스는 작지만 색깔 있는 출판사가 되기 위해 노력하고 있습니다. 저희는 유려한 글솜씨를 자랑하는 전업작가님들의 이야기보단, 삶의 현장에서 건져 올린 다양하고 진솔한 이야기를 책으로 만들고 있답니다.

혹시 다른 곳에서도 책 출간 제안을 받은 적이 있으신가요? 사장님께 여러 요청이 있었을 것으로 생각되지만 만약 없으시다면 우선 저와 찬찬히 이야기를 나누며 함께 해보는 건 어떠신지요?

당장 책을 내겠다는 건 아니어도, 한 번쯤 만나 뵙고 꼭 이야기를 나눠보고 싶습니다. 그저 편하게 이야기를 나눠보고 싶은 것이니 부담 갖지 않으셨으면 좋겠습니다.

(후략)

P.S. 다짜고짜 찾아뵙거나 전화를 드리면 혹여나 당황스러워하실지도 모른다는 생각에 편지를 쓰게 되었습니다. 한 차례 이메일도 보내드렸으나 확인을 하지 않으셔서요.

편지를 끝까지 읽은 저는 걱정이 앞섰습니다. 좋은 기회라고는 생각했지만 일상이 너무나 바쁜 와중에 과연 제가 책을 쓸 수 있을까 싶었거든요. 하지만 아내는 이 좋은 기회를 놓치기 싫다고 했죠.

결국 저희 부부는 출판사 대표님과 미팅을 하게 되었습니다.

그리고 이왕 마음먹은 거 미팅 때 무언가라도 보여야겠다는 생각이 들었어요. 아내와 저는 머리를 맞

대고 지난 20년을 돌아보며 글감을 찾아내기 시작했습니다. 제가 이야기를 꺼내면 아내는 그것을 글로 정리했고, 또 어느 날은 아내의 이야기를 제가 글로 정리하기도 했죠.

그렇게 정리한 스무 장 분량의 글을 대표님과의 만남에서 전해드렸습니다. 대표님은 찬찬히 글을 읽어 보시더니 이렇게 말했죠.

"저는요, 처음 사장님께서 미팅을 수락했을 땐 계 탔다는 생각이 들었거든요? 그런데 두 분이 쓰신 글을 보니 출판사 대표로서 이런 생각이 드네요. 나 로또 맞았다! 와, 글을 너무 잘 쓰시는데요?"

너무나 부끄러웠지만 칭찬은 저희 부부에게 큰 응원으로 다가왔습니다.(처음엔 믿기지 않았지만 저희 아들도 잘 쓰는 거 맞다고 하고 대표님도 농이 아니라 하시니 이젠 믿어보려 합니다. 하하.)

응원에 힘입어 저희 부부는 시간이 날 때마다 함께 글을 썼습니다. 사실 20여 년 동안 한 곳에서 똑같은 일을 해오다 보니, 제 인생이 참 그저 그런 인생이라고 생각하며 살아왔었거든요? 하지만 글을 쓰며 뒤를 돌아보니 제 인생이 달라 보이더라고요. 생각해 보니 즐겁고 감사했던 일들이 어찌나 많던지….

책을 쓰는 내내 글쓰기의 즐거움을 느끼는 것을 넘어 인생에 찾아왔던 권태감마저 사라졌다는 것을 느꼈습니다.

평범하게 살아가던 저희에게 이런 특별한 기회를 주신 출판사 대표님께 감사의 마음을 전하고 싶습니다.

아울러 저희 판매점을 찾아주시는 소중한 고객님들께도 감사의 말씀을 올리고 싶습니다. 그분들이 만들어주신 기억들 덕분에 이렇게 책을 쓸 수 있었으니까요. 앞으로 더욱 친절하고 열심히 응대하는 판매인이 되도록 노력하겠습니다.

그리고 이 책을 읽어주신 독자분들께도 감사합니다.

저는 책을 쓰며 행복이란 참 가까운 곳에 있었다는

것을 깨달았습니다. 그리고 생각보다 큰 행운들을 잡아 오며 살았다는 것도요. 여러분들의 삶도 별반 다르지 않을 거라 믿습니다.

여러분, 모두 대박 나세요!
남은 인생의 주인은 바로 당신입니다!

작은 사장의 끄적임

정현재 씀

"작은 사장님!"

"정 사장, 밥 먹었나?"

얼마 전부터 부모님과 함께 복권판매점을 운영하며 얻게 된 호칭이다. 사실은 4대 보험에 가입되어 급여를 받는 말단 직원인데 말이다.

내가 철들기 전부터 부모님은 사장님이었다. 중학생 시절 아버지께선 직장을 그만두시고 어머니와 호프집을 운영하셨다. 장사는 잘 되었던 걸로 기억하지만, 밤낮이 바뀐 생활이 힘들어 부모님은 호프집 사장님을 그만두셨다. 나는 고등학생이 되었고 부모님은 부대찌개집 사장님이 되셨는데 이번엔 그리 순탄치 않았다. 결국 내가 대학생이 됐을 무렵 부모님은 치킨집 사장님으로 또 한 번 전향하셨지만, 그마저도 잘 풀리지 않았던 것 같다. 그리고 내가 입대해서 군인이 되었을 때 아버지께서는 복권방 사장님이 되셨다.

나의 호칭이 그렇게 몇 번이나 바뀌는 동안 부모님은 줄곧 사장님이라는 호칭의 무게를 묵묵히 견디고 계셨다. 아들들이 자고 있을 시간이 돼서야 퇴근하는 일상과 술 취한 손님들과의 실랑이도, 부대찌개 레시피를 배우기 위해 의정부를 왔다갔다하던 날들도, 도통 팔리지 않아서 아들들 먹인 치킨이 더 많았을 때도.

부모님은 지금의 복권판매점 사장님이 되어서도 몸 고생, 마음고생하시며 장장 20년의 시간 동안 매장을 운영하다가 명당 사장님이라는 호칭을 얻게 되고 상승 궤도에 오르셨다.

하지만 그로 인해 지금까지와는 조금은 다른 결의 무게에 직면하게 되셨다. 감당하기 힘들 정도로 많은 손님들, 그리고 쉴 수 있는 날이 없다는 것.

그 시점이 직장 생활을 하고 있던 내가 많은 고민 끝에 부모님과 함께 복권판매점을 운영하기로 결정한 때다. 나는 낮 시간에 가게를 보게 되었고 '작은 사장님'이란 새로운 호칭을 얻었다. 그렇게 두 분의 무게를 조금은 덜어드릴 수 있게 되었다.

그러나 나도 내 나름의 무게에 짓눌리게 되었다.

모든 사업이나 업무에는 그에 맞는 능력과 기술이 필요한 법인데 내가 하게 된 일은 그러한 것들이 크게 필요하지 않고, 좀 심하게 말하면 돈 계산만 할 줄 안다면 누구나 할 수 있는 일이라는 생각이 머릿속에 자리 잡은 때가 있었다.(물론 지금은 그렇게 생각하지 않는다.) 가치 있는 일을 하거나 가치 있는 재화를 제공하고 싶은 건 모든 이의 욕망이거늘 그때의 나에겐 전 직장보다 좀 더 안정적인 수입을 얻을 수 있다는 것

외에는 스스로에게 내세울 게 없었다.

손님들의 바람은 당연히 '당첨'인데 손님들을 위해 내가 노력할 수 있는 게 없다는 것은 작지 않은 스트레스였다. 1등 당첨이 되지 않더라도 손님들이 나를 원망하지 않을 거란 건 알고 있었다. 손님들은 계속 복권을 사러 왔고, 이에 나는 마음속으로만 감사할 뿐 '감사합니다'라는 인사말도 그때는 제대로 하지 못했다. 뭐가 고마운가. '미안합니다'라고 하면 몰라도.

쳇바퀴 안에서 방황한 것 같은 시간들이었다. 돈이 전부가 아니었다. 보람과 발전이 있어야 했다. 그러려면 나름의 가치와 철학이 필요했다. 그 즈음에 나는 쳇바퀴에서 벗어나기 위해 일부러 가깝거나 먼 여러 사람들을 만나 나의 이야기를 하러 다녔고 나에게 결여된 것을 찾으려 노력했다.

그러다가 작은 사실을 하나 알게 되었는데 사람들은 복권을 사며 자기의 희망을 상기한다는 것. 다시 말하면 생각지도 않았거나 혹은 잊어버린 크고 작은 바람들을 새삼스럽게 되새긴다는 것이다. 중요한 건 이런 바람들이 삶의 의욕을 고취시키고 거창하게는 삶의 목적을 구체화하기도 한다는 것이다. 나의 바람이 이루어진다면? 물론 생각만 해도 기쁘겠지. 그런데 그게 꼭 복권이 당첨되어야만 실현되는 것일까? 꼭 그렇지만은 않은 경우가 훨씬 많다. 작지만 가볍지 않은 이 깨달음을 여러 사람들에게 알려주고 싶었다.

"지갑 속에 한 장 넣어두면
비타민보다 나을지도?"

그래서 내가 믿고 있는 복권의 가치를 함축해서 투박하지만 작은 표어를 만들고 포스터도 제작했었다. 복권이란, 가지고 있는 것만으로 삶의 목표를 상기하는 여유를 갖게 하는 것. 오늘을 버티는 힘이 나게 하는 것.

요새는 당첨을 간절히(?) 바라는 주변인들에게 '복권은 원래 당첨이 되지 않는 것이고 당첨되는 게

비정상일 수도 있다'라고 말하고 다닌다. 그렇지만 꼭 '당신의 희망, 소망들은 비정상이 아니고 불가능도 아니다'라는 말도 덧붙인다. 그리고 이제는 손님들에게 복권을 사주셔서 '감사합니다'라고 인사하고 있다. 그리고 당첨은 되지 않더라도 작게나마 희망이 되기를 진심으로 바란다. 이 책을 읽는 여러분에게도.

부모님이 책을 쓰시는 모습을 보고, 느끼고, 때론 거들면서 너무나 값지고 새로운 경험을 했다. 이런 기회를 주신 출판사 관계자분께 감사하다는 말씀 전하고 싶다. 그리고 내가 겨우 버틴 이 무거운 압박들보다 더한 것들도 몇 번이나 견뎌내신 나의 영원한 사장님이신 아버지, 어머니! 존경하고 사랑합니다.

부록 1

명당 투어

ㅇㅇ로또
ATM

어서 오세요.

명당 복권판매점입니다.

작고 아담하지만 정겨운 저의 가게를

소개하겠습니다.

입구를 들어오자마자 보실 수 있는 건
바로 '행운의 터치 코너'입니다.
재미로 만든 코너였지만 몇몇 손님들은
진심을 다해 이 액자 위에 손을 대고
기도를 하신 뒤 복권을 사시지요.
여러분, 믿거나 말거나 아니겠습니까?
여러분도 지금 간절히 바라고 원하는 일이 있다면
여기에 손을 올려놓고 기도해 보세요.
다 이루어질 거예요.

福
강변로또
행운의터치
1등을 주세요...

2002년12월07일 로또1회 복권실물
LOTTO 6/45

이것이 무엇인지 보이시나요?

무려 '1회' 로또 복권입니다.

복권의 빛바랜 색이

지난 20년 세월을 고스란히 보여주는 것 같습니다.

이걸 어떻게 아직도 가지고 있냐고요?

제 성격이 좀 그렇습니다.

제 일과 관련된 거라면

뭐든 꼼꼼히 기록하고 수집하는 습관이 있지요.

반대쪽 벽엔 슬립지가 놓여 있습니다.

이곳은 조금 슬픈 곳이기도 합니다.

왜냐고요?

야속하게 흘러버린 세월을

체감하는 곳이기도 하거든요.

노안 때문에 번호를 고르다 포기하고

자동으로 사는 분들이 많답니다. (아, 슬퍼라.)

그래서 돋보기 안경도 비치해두었지요.

20.08.29 : 18번째
926회:4,710만원
20.12.19 : 19번째
942회:7,234만원

한쪽 벽엔 회차별 당첨 번호를 붙여 놓았습니다.
생긴 게 꼭 로또 복권 같아서 복권인 줄 아셨다고요?
하하.
젊은 분들이야 스마트폰으로 당첨 번호를
확인하는 게 더 익숙하고 편하시겠지만,
스마트폰 사용이 익숙하지 않은 어르신들께서는
꼭 이 종이를 뽑아달라고 하시지요.
당첨 번호가 궁금하신데 인터넷은 못 하시는 분들!
복권판매점에 가서 "지난주 당첨번호표 뽑아주세요."
라고 말씀하시면 이 종이를 뽑아드린답니다.
참고하세요.

함께보는 로또결과입니다
가져가지마시고 필요하면
카운터에 말씀하세요.
복권은
소액으로 건전하게
즐기세요!
회차순
980
981
982
983
984
강변
로또
당첨
결과
살짝 꽂아주세요.

그럼 이제 명당 투어를 마치겠습니다.
책을 읽어주신 독자분들,
이렇게 간접적으로나마 저희 가게에 방문해주셔서
진심으로 감사드립니다.
여러분, 모두 대박 나세요!

ㅇㅇ로또
ATM

부록 1

꿈
그리고
로또 번호

어젯밤, 꿈을 꾸셨나요?
꿈과 관련된 행운의 번호를 찾아보세요.

*이 내용은 지은이의 개인적인 생각이니,
어디까지나 '믿거나 말거나' 재미로 봐주세요.

ㄱ

가물치가 뛰어 오름 [20]
가로등 [19]
가위질 [15]
가위바위보에서
가위를 내면 [1]
바위를 내면 [2]
보를 내면 [3]
강강술래 [36]
강냉이 [39]
강물 [26]
강아지 [28, 3, 33]
강의실 [30]
개미 [12]
거북이 [8, 7]
거미 [10]
거미줄 [20]
건물 [16]
검은고양이 [25]
게임 [25]
겨울 코트 [24]
경사진 길 [12]
계란 [8]
곤충 [8]
곰팡이 [42]
과제물 [7]
광화문 [17]
과수원 [19]
고추장 [19]
골프 치는 꿈 [8]
관광버스 [4]
광어 [26]
교도소 [8, 11]
교통사고 [22]
교회 [10, 36]
구렁이 [9, 28]

구멍 [23]
구더기 [7]
국수 [5,11]
군복 [6]
귀걸이 [19]
귀뚜라미 [28]
금부처 [1,3,18,32]
금시계 [20]
급경사 [9, 19]
금돼지 [8]
기계 고치는 꿈 [6]
김치 등 밑반찬 [7, 14]
꿀벌 [9]
까만 비석 [34]
꿩, 까투리 [15]
감나무 [19]
갈대 [8]
감자 [14]
강아지풀 [34]
고구마 [14]
고추 [5]

ㄴ

나체-상체 [6]
나체-하체 [9]
나무 [10]
나비넥타이 [24]
낚시 [1, 6, 11]
낭떠러지 [24]
남자아이 [42]
남자친구 [26]
내리막길 [12, 28]
네잎클로버 [4, 7]
넥타이 [20]
노점상 [30]
노란색 [3]
눈雪 [37]
느티나무 [22]
나팔꽃 [13]
냉이 [26]
녹두 [6]
냉장고 [30]
놀이공원 [31, 43]
노인 [15]
눈물 [16]
누나 [4]
늦잠 [18]
뉴스앵커 [32]
노란 택시 [3]
노트 [6]
눈썹 [7]
난초 [6]
냉동만두 [5]
납치 [6]
남색 [6]
날개 [7]
낫 [7]
남자 화장실 [31]
냉면 [29]

ㄷ

대변 [16]
대통령 [1]
덤프트럭 [34]
도토리 [10]
돈뭉치를 받는 꿈 [32]
돼지 [8]
뚜껑을 여는 꿈 [19]
떡볶이 [22]
담배 [16]
도망가는 꿈 [24]
도둑을 보는 꿈 [22]
등산 [17]
닭 [6]
다이아몬드 [3]
다리미 [18]
담요 [26]
달리기 [10]
담 넘기 [10]
다세대주택 [19]
단독주택 [4, 17]
단발머리 [28]
대머리 [20]
대나무 [1, 18]
대전 [8]
덧니 [6]
도장 [17]
도시락 [9]
도자기 [8]
도끼 빗 [9]
동전 [18]
동굴 [18]
독창 [6]
돌계단 [8, 13]
동네 [17]
동사무소 [32]

드라마세트장 [5]

들판 [10]

두통약 [32]

뒷문 [18]

드럼 [16]

디지털카메라 [44]

뗏목 [22]

ㄹ

라이터 [19]
라면 [11, 16]
라디오 [18]
런닝 [17]
럭비공 [19]
레몬 [16]
레미콘 [22]
로또 [6, 45]
로또 3등 되는 꿈 [3]
로프 [7]
롤스로이스 [20]
리어카 [18]
리모컨 [20]
립스틱 [11]
라일락 [21]

ㅁ

말馬 [24]
맨발 [18]
머리 [12]
머리 염색 [28, 41]
머리카락 [26]
멍게 [24]
메기 [12]
멧돼지 [26]
매니큐어 [34]
명함 [14]
모르는 남자 [33]
모르는 여자 [40]
모텔 [20]
목걸이 [30]
목탁 [18]
무역회사 [19]
문신 [14]

물 [10, 16]
물고기 [18]
물안경 [44]
밀가루 [20]

ㅂ

바늘과 실 [1, 11]
바닷가재 [12]
박쥐 [7]
뱀 [4, 10]
복숭아 [28]
복숭아 밭 [33]
볶음밥 [33]
부처님 [1, 3, 18]
불상 [3, 17]
불 [4]
불꽃놀이 [25]
불이 타오르는 꿈 [44]
비 [2, 11]
비행기 [3]
비옷, 우비, 우산 [15]
비상구 [17]
빨간 벽돌 [1, 9, 10]

백만 원 수표 [10]
배우 [15]
밥 [5]
복권방 [20]
뽀뽀 [5]
빨래 [9]

ㅅ

사각형 [4]
사자 [5]
사거리 교차로 [9, 10]
사우나 [16]
사람 뼈 [37]
사마귀 [16]
사슴 [12]
사자 [4, 5, 8]
삼각형 [3]
상어 [25]
새끼강아지 [28]
새끼강아지 두 마리 [29]
설거지 [20]
선생님 [32]
세종문화회관 [38]
생선구이 [18]
선글라스 [12]

세탁기 [10]
소방서 [9, 11]
송아지 [28]
송충이 [39]
손 [3]
손목 [14]
솥 [5]
수도꼭지 [12]
술잔이 깨짐 [8]
수제비 [8]
순금 덩어리 [11]
숟가락 [10]
스님 [12]
식당 [17]
신체검사 [12, 26]
신발가게 [12]
신용카드 [33]
싸인 [16]
-싸인에 자신 이름이 보이면 자신의 생년월일
소나무 [14]
수박 [5]
싸우는 꿈 [24, 25]

ㅇ

아이스크림 [3]
아기 [14, 24]
알몸 [5, 29]
악어 [31]
애벌레 [21]
앰뷸런스 [40]
양쪽 팔 [7]
어항 [10]
어금니 [41]
엑스레이 [43]
엘리베이터 [37]
연고 [16]
연예인 [41]
예금통장 [19]
열쇠 [18]
예방주사 [32]
오토바이 [30]
왼쪽 팔뚝 [12]
용 [24]
요리 [16]
우체국 [19]
우편물 [36]
웨딩드레스 [37]
이혼 [45]
인공호흡 [17]
인절미 [33]
임신 [24]
잉크 [26]

ㅈ

자동차 [20]
자전거 [9]
장례식 [36]
-아버지 장례일 경우
아버지 생년월일과
장례 날짜
장수하늘소 [9]
절 [1, 3, 5, 18]
제사상 [19]
조개 [6]
조카 [6]
죽음 [4]
중학교 [5]
중학교 동창 [33]
죽음이 찍힌 사진 [4, 26]
집이 무너짐 [4]
짚신 [9]
짬뽕 [33]
짜장면 [38]
중국집 [21]
종교 [6]

ㅊ

ㅋ

ㅌ

ㅎ

10억을
팝니다

2021년 11월 29일 초판 1쇄 발행

지은이 정환근 · 최승인
발행인 정가영
책임편집 이명은
일러스트 지민채

펴낸곳 마누스
FAX 0504-064-7414
이메일 manus2020@naver.com(편집/원고 투고)
블로그 blog.naver.com/manus2020
인스타그램 @manus_book

ISBN 979-11-971579-2-9 (03810)